ひきこま
吸血姫の悶々
きゅうけつき
もんもん
Hikikomari
the Vampire Countess
no
Monmon
JN131292

引きこもりの吸血姫
コマリ
趣味：読書　将来の夢：小説家
自称：「天才軍師」
「一億年に一度の美少女」

「行くぞっ!!」

七紅天大将軍
テラコマリ・ガンデスブラッド
「どうしてこうなった……？」（Byコマリ）
「ウォオオオオオオオオオオオ!!!」

ひ

ひきこまり吸血姫の悶々

小林湖底

GA文庫

カバー・口絵　本文イラスト

りいちゅ

0　ぷろろーぐ

血が飛ぶ。怒号が飛ぶ。魔法が飛ぶ。

ついでに、首が飛ぶ。

だだっ広い草原のど真ん中で、見るだにおぞましい戦いが繰り広げられている。

東軍、獣人ばかりの屈強な戦士たち。ラペリコ王国軍。

西軍、吸血鬼だけを揃えた少数精鋭。ムルナイト帝国軍。

「くっ、なんだこいつら――化物かよッ！」

しかし、勝敗は既に決したも同然だった。

獣人たちの士気が明らかに衰えているのだ。理由は一目瞭然。そこらに山のごとく積み上げられている死体のほとんどが、ラペリコ王国の軍服をまとっているからだ。

「《炎よ炎・震える森を焼き払え》」

「ちくしょう、また魔法かよ！　発動する前にぶっ殺うがああああああッ!?」

「トニー？　おい、トニー！　しっかりしろ！」

剣を構えて突進した熊男は一瞬にして灰と化した。残された獣人たちは圧倒的なまでの戦力差に開いた口がふさがらない。軍人としてのプライドがあるのだろう、武器を捨てるやつこそ一人もいないが、吸血鬼たちの澱みない詠唱が大気を震わせるたび、ある者はゴクリと喉を鳴らし、ある者は怖気もあらわに身を強張らせる。

「クソが！　冗談じゃねえ、俺は逃げるからな！」

「《氷よ氷・敵の心臓を凍てつかせよ》」

敵前逃亡を始めた虎男の後頭部を貫いたのは氷の矢である。どさりと地面に倒れ込んだ仲間の死体を見た瞬間、いよいよゴツい獣人どもは動物のような悲鳴をあげた。もはや軍としての統率などとれていない。鹿男が武器を放り捨て、猫男が天に向かって頓首再拝し、ライオン男が絶叫しながら己のたてがみをむしり始めた。

それでも吸血鬼たちは手加減をしなかった。

逃げ惑う獣人たちを魔法で射貫き、潰し、燃やし、爆破し――まるでそうすることが人生における至上の楽しみであるかのような勢いで殺し続けていく。

「ギャアアアアアッ！」

「やめろォ、俺はまだ死にたくないッ！」

「うわアアアアア尻尾も燃えたアアアアアッ！」

「《炎よ炎……》」

まさに破竹の快進撃。

きっと東軍の総大将（チンパンジー男）も帰りたがっているに違いない。いくら魔核があれば死んでも蘇るとはいえ、首を斬られれば相応の痛みを味わうことになるのだから。

そう、痛いのは嫌。

誰だって、嫌なのだ。

「――伝令でございます！　敵軍はもはや壊滅状態とのこと！　現在ベリウス中尉、メラコンシー大尉が敵の本陣に向かって驀進中。我々コマリ隊の勝利は火を見るより明らかです！」

ハキハキした大声が本陣にこだました瞬間、それまで眉間に皺を寄せて突っ立っていた吸血鬼どもから「おお」とか「よしっ」とかいう歓声があがった。

草原の西の端っこ、小高い丘の上。

ムルナイト帝国軍の大本営である。

「ついにやったか！」

「ふん、やはり獣人どもは単純すぎる」

「見たか！　これがコマリ隊の実力だ！」

吸血鬼たちが立てた作戦はこうだ。

まず、一騎当千の武勇を誇るベリウス中尉が真正面から敵陣に突撃する。泡を食って迎え撃つ獣人どもを引きつけながら、その裏では奇襲を得意とするメラコンシー大尉が敵の本陣に接近、手薄となった防御を突破して総大将を討ち取る――それだけ。

あまりにもシンプルだが、これに引っかかってしまうのが獣人どもなのだった。

「帰ったら祝勝パーティーだな」

「へへへ、獣人どもの血酒で一杯やろうぜ」

もはや自軍の勝利を信じて疑わぬ吸血鬼たちは、互いに肩を組んで下品に笑い合っていた。

しかし、そんな中でクソがつくほど真面目な顔をした男がひとり。

「――浮かれるのは早いです。まだ勝利が決まったわけではありません」

しん、と場が静かになった。

物々しい軍服。枯れ木のような長身痩躯。

帝国軍第七部隊コマリ隊の参謀を自称する怪物、カオステル・コントである。

「戦争はいつだって裏の裏の読み合いです。相手がどんな隠し玉を持っているかも知れぬこの状況で浮かれるなど三流もいいところ。恥を知りなさい」

カオステルの言葉は、場の高揚に水を差すものであると同時に、紛うことなき正論でもあった。吸血鬼たちは途端に口を噤んでしまう。

「ベリウスとメラコンシーは歴戦の猛者ですが、もしもの場合もあります。布石は打って打ちすぎるということはありません。なにせ此度の戦争は我々の初陣です。絶対に敗北してはならないのです。――そうですよね？　テラコマリ閣下」

あらゆる視線が、一点に集中した。

カオステルの左下。

やたらキラキラした装飾の椅子(いす)に、ひとりの少女が腰掛けている。


「……ふぇ？　な、なに？」


夢から醒めたように少女は顔を上げる。

ようやく自分が注目の的になっていることに気づいたらしい。

傍(かたわ)らに控えていたメイドがすかさず少女の耳元に口を寄せる。

「コマリ様。ごにょごにょ……」

「え？　……そ、そうだな」

少女は「ごっほん！」と咳払(せきばら)いをして、

「――いいかみんな、よく聞け！　カオステルの言う通り、今日は我々の初陣だ！　負けたら悔(くや)しいからな。一生けんめい頑張るぞ！」

「「「「……………………」」」」

殺伐とした草原に響き渡る、高く澄んだ声。

この瞬間、吸血鬼どもはひとり残らず心を奪われていた。

ああ――美しい。

月光を閉じ込めたかのような金髪。死者のように白い肌。作り物のように整った目鼻立ち。そして何より、ムルナイト帝国の古き吸血鬼であることを象徴する真紅の瞳――まさに吸血鬼の中の吸血鬼。

テラコマリ・ガンデスブラッド大将軍である。

「……えっと、みんな、どうして黙ってるんだ？　頑張ってくれるよな？」

不安そうな声に、一同はハッと正気を取り戻した。

敬愛する大将軍から激励の言葉をもらって無反応を貫くなど、全裸で切腹しながら盆踊りを踊っても償える罪ではなかった。

ゆえに、すぐさま大地を揺るがすような声が轟いた。

「「「「はいッ！　頑張りますッ！」」」」

テラコマリ大将軍はびくっと肩を震わせたが、部下たちのおかしな言動を咎めるつもりはないらしく、縮こまるようにして椅子に座り直すのであった。

そんな大将軍の御前で片膝をついたのはカオステルである。

「閣下。一つだけお願いが」

「な、なんだ。言ってみろ」

「もしもベリウスとメラコンシーが失敗した場合は、テラコマリ閣下御自らが敵の総大将を討ち取っていただけませんか？」

　時が止まった。

「……は？　なんで？」

「先ほども申し上げましたが、戦争は水物です。たとえ可憐で強大で才気あふれる次期皇帝最有力候補の超新星テラコマリ・ガンデスブラッド大将軍閣下といえど、時の運が悪ければ未開のチンパン風情にも敗北を喫してしまうことがあるでしょう。――しかし！　閣下が初陣にてご自身の実力を十二分にお示しになれば、テラコマリ・ガンデスブラッドの名は全世界に響き渡ること請け合いでございます！」

　おおおおっ、と周囲から興奮したような声があがる。

「いや、あの、私は」

「それに、実を言うと私も見たいのです。テラコマリ・ガンデスブラッドの実力を。わずか十五歳にして武官の頂点たる七紅天大将軍の座を獲得した類稀なる少女の力を、この目に焼きつけたいのです！」

　俺も見たいです！　俺も俺も！　そんな感じで輝きに満ちた視線が大将軍に集中する。しかし当のテラコマリ大将軍は、なぜか「えっと、その」とか言いながらもじもじするばかりだった。カオステルはそんな彼女を鼓舞するように言う。

「恥ずかしがることはありません、卑小な獣人国家など踏み潰してやりましょう！　あなたが動けば、ムルナイト帝国の国威を全世界に宣揚することができるのです！　そして後世の歴史家はこう語るでしょう――あそこから、そしてあの日から世界史の新しい時代が始まった、と」

「「「「うおおおおおおおぉぉぉ――――っ!!」」」」

カオステルの演説めいたセリフに感化された吸血鬼たちが雄叫びをあげた。自然と拍手の嵐が巻き起こる。誰かが口笛を吹きまくる。しまいには「コマリン！　コマリン！　コマリン！」などという謎の大合唱まで始まってしまった。

そんな熱狂のただ中にあって、テラコマリ・ガンデスブラッド大将軍は――

「――わ、わかった」

拍手や歓声がぴたりと静止した。

誰もが全身を耳にして次の言葉を待っていた。

大将軍閣下は、ゆっくりと深呼吸をしてから己が部下たちを順々に見渡して、やがて意を決した様子でこう言うのだった。

「――お前たちが期待してくれるのなら、まあ、頑張ってみようと思う。だが、私が出るのはベリウスとメラコンシーが失敗した場合の話だぞ。あいつらが万一ヘタこいたときだけ、私が全力を出して敵をやっつけてやろうじゃないか。なあに、お前たちが心配する必要はないぞ。私は最強だからな！　どんな敵でも三秒でずたずたにしてやる！」

「三秒……ですか？」

「ッ、いや間違えた！　一秒だ一秒！　どいつもこいつも一秒で皆殺しだ！」

一瞬の間。

割れんばかりの拍手喝采が響き渡った。

――うおおおおおおおおおおおおおぉぉぉっ!!

――コマリン!!　コマリン!!　コマリン!!　コマリン!!

「あは、あはは、あはははは……………………どうしてこうなった」

テラコマリ・ガンデスブラッドの悶々とした日々は、こうして幕を開ける。

1　引きこもり吸血姫、外に出る

Hikikomari the Vampire Countess no Monmon

世の中は理不尽だと常々思う。

私は十五年ほど前、ムルナイト帝国でも高名な貴族の家に生まれた。

ガンデスブラッド家。

まず、濁音が多すぎである。ガ・デ・ブ・ド。この時点でロクでもない家系であるのは明らかであり、そして実際にロクでもないのだから救いようがない。

ガンデスブラッド家は千年も昔から帝国の将軍職を世襲してきた名家だ。一族の系譜を紐解(ひもと)けば歴史の教科書に出てくるような偉人たちの名前がずらりと並んでいるし、私の母なんかも五年前まで七紅天(しちぐてん)大将軍をやっていた。

そして、すべての理不尽はここから始まった。

言うまでもないことだが、私は平和を愛する正義の吸血鬼だ。断じて先祖の方々みたいなバーサーカーではない。だのに親戚連中は私にプレッシャーをかけまくってくるのだ。コマリちゃんは将来立派な将軍になるんでしょうねえ、他国の愚か者どもを虐殺してくれるんでしょうねえ、歴史に名を残す殺戮(さつりく)の覇者になるんでしょうねえ——もうアホかと。

それでも最初は周囲の期待に応えるべく努力をしていたのだが、すぐに挫折した。

私にはありとあらゆる才能が欠如していたのだ。

第一に、魔法が使えない。

第二に、運動神経がダメダメ。

第三に、背が小さい。

私がこれらの三重苦を背負うことになった原因は明らかである。

血が飲めないのだ。

たとえば我がガンデスブラッド家の食卓には誰のものともつかぬ生き血が並ぶのだが、あんなもんを飲めるやつの気が知れない。何が無理かって、ニオイとか見た目とか全部。

どうして好き好んであんな液体飲まなくちゃいけないの？

どうしてみんな平気でガブガブ飲んでるの？

妹のロロッコ曰く、「血を飲めないなんて人生の十割損してるよね（嘲笑）」

うるさい。ほっときたまえ。私はトマトジュースで満足だ。

しかし、客観的に考えれば私のほうが異端なのは事実。

そしてこの異端っぷりが私の人生を明後日の方向に捻じ曲げてしまったのだ。

血を飲めない＝成長しない。

吸血鬼にとって血とは重要な栄養源であり、これを欠かせば身体の成長に諸々の支障が出てくる。私が魔法を使えないのも、運動神経ダメダメなのも、妹にすら身長を抜かれるのも、すべてが血液不足のせいだったのだ。

そんなこんなで、私の人生には苦い思い出しかない。

学校では毎日のように陰口を叩かれたし、ひどいときには理由のない暴力までふるわれた。ようするにイジメられていたのだ。そのくせ親戚のアホどもは期待のこもった視線を向けてくるから始末に負えない。私はそんな状況に耐えられるほど強くなかった。

だから、引きこもることにしたのだ。

それが三年前のこと。

力がすべての吸血鬼社会において、血も吸えず、魔法も使えず、ついでに運動神経ダメダメな引きこもりに活躍の場はない。安心安全のマイルームに閉じこもって小説でも書いているのが私にはお似合いなのだ。お似合いのはずなのに――

☆

朝だ。体内時計が告げている。

しかし私は起きない。断固として起きない。布団にくるまって、固く目を閉じて、父に買ってもらったイルカ型の抱き枕にぎゅーっとしがみついて、春眠暁どころか黄昏すらもすっ飛ばす勢いで不動を貫く。

なぜなら私は高等遊民、俗世のしがらみとは無縁の存在だからだ。

このまま二度寝と洒落込もうではないか——そう思ったところで、異変が起きた。

お腹が痒い。掻いても掻いても痒い。

あまりに痒いので目が覚めてしまった。

寝ている間に虫にでも食われたのかもしれない。私は寝ぼけ眼で半身を起こすと、ほとんど何も考えずにパジャマをめくってみた。

「……は？」

そしてフリーズしてしまった。

へその上に謎の模様が浮かび上がっていたのである。

蝙蝠の羽と波打つ血液を象った奇怪な模様。どこかで見たような気がする——そうだ、思い出した。これはムルナイト帝国の国章だ。宮廷の旗とかに描かれてるやつ。

こすっても落ちない。私は夢でも見ているのだろうか。

「——テラコマリ様、おはようございます」

いきなり声が聞こえて心臓が飛び出るかと思った。

見れば、部屋の隅に見知らぬ女の子が突っ立っていた。クールな目つきと凜とした佇まいが印象的な、メイド姿の女の子である。

こんな子、うちで働いてたっけ？

私は警戒心をマックスにしながら相手を睨みつける。

「だ、誰だよ。なんで私の部屋にいるんだよっ！」

メイドはぴくりと眉を動かし、

「自己紹介が遅れました。私はヴィルヘイズと申します。所属はムルナイト帝国軍、階級は準三位特別中尉、本日付けでテラコマリ様の専属メイドとして着任いたしました」

意味がわからない。メイドはきょろきょろと私の部屋を見渡して言った。

「それにしても――失礼ですが、少々散らかったお部屋ですね」

本当に失礼である。

「……何が目的だ？　お金か？」

「そんなに怯えないでください。私はテラコマリ様の味方でございます」

信用できるわけがない。泥棒かもしれないし、私を誘拐しにきた変態かもしれない。こういうときは父に相談してみるのが一番だろう。それはともかくトイレに行きたい。行きたいのだがこいつから目を離すわけにはいかない。どうしよう。漏れそう。

「……おい、ヴィルヘイズとやら。ちょっとここで待ってろ」

「そんな暇はありません。今すぐ私と一緒に宮廷へ出発しましょう」

宮廷。嫌な予感しかしない。

生来の危機察知能力を遺憾なく発揮した私は、しなやかな猫のごとき動作でその場から離脱しようとした。のだが、いきなりメイドに腕を摑まれてたたらを踏んでしまう。

「放せ！　私はおしっこがしたいんだ！」

「おしっこしている場合ではありません。私の話を聞いてください」

「漏らすぞ⁉　漏らしてもいいのか⁉」

「漏らしながら聞いてください」

「それでは変態じゃないか！」

「誰も見ていませんので大丈夫です」

「お前がバッチリ見てるだろっ！」

なんだこいつ。やはり私を誘拐しようと目論む変質者ではないのか。ありそうな話だ。なにせ私は一億年に一度の美少女なのだから（お父さんが毎日耳にタコができるほどそう言ってくれるので間違いはない）。

「時間がないのです。大人しくしてください」

「嫌だ！　どうせ私を攫（さら）うんだろ、私がとんでもない美少女だからって！」

「自分で言うんですか、それを」

そんな感じで一進一退の攻防を繰り広げていると、

「――放してあげなさい、ヴィルくん」

廊下のほうから低い声が聞こえた。救われたような気分になって振り返れば、黒いマントに身を包んだ長身の吸血鬼が私の部屋に入ってくるところだった。そうだ、もっと言ってやれお父さん！　こいつは私を誘拐しようとしている変態メイドなんだ！　――と心の中で叫んだ瞬間、その変態メイドが何のためらいもなく私の腕を離しやがった。

「ぶべっ」

勢いあまって顔面スライディング。痛い。泣きそう。視界が潤んでくる。

変態メイドは私を完全無視して父に頭を下げている。

「申し訳ございません、ガンデスブラッド卿。テラコマリ様があまりに抵抗なさるので無理矢理連れていこうかと思いまして」

やっぱり誘拐が目的じゃねーか。

「あまり私の娘をいじめてくれるな。その子は自他ともに認める引きこもりだからね」

「そうですね。引きこもりですものね」

連呼すんなよ。心にグサッとくるだろ。言っとくけどな、私は出ようと思えばいつでも外に出られるひきこもりなんだぞ。今は必要性を感じないから出ないだけであって、私が本気を出せば世界一周ヒッチハイクの旅くらい余裕なんだぞ。

「おお、コマリ！　怪我(けが)はないかね？」

遺憾の意を感じながら身を起こしていると、父が大袈裟に両手を広げて寄ってきた。しかも私の身体をぺたぺたと無遠慮に触ってきやがる。親子じゃなかったら強制わいせつの現行犯で逮捕されていたことだろう。

「ふむ。大丈夫そうだが、一応医者に診てもらうかね？　一億年に一度の美少女にもしものことがあったら大変だ」

「だ、大丈夫だから」

「テラコマリ様、本当に大丈夫ですか？　お腹の辺りに変な感じがしませんか？」

おめえに心配されたくねーよと反発心を抱きながらも、ふと思い出す。

そうだ。お腹の模様だ。その模様の辺りが痒いのだ。

ぺらり。

「――あらまあ。こんなに引っ掻いたら絹のようなお肌が台無しじゃないですか」

「勝手にめくんな変態メイドっ！」

私は彼女の手を引っ叩くと、素早い動きで三歩後退した。やつは氷のような無表情でこっちを見ている。怖い。身の危険を感じる。

「お父さん！　何なのこいつ！」

「彼女は今日からコマリの専属メイドになるヴィルくんだ。コマリの言うことなら何でもきくから自由に使ってやってくれ」

何でも？　さっき、放せって言っても全然放してくれなかったよね？

「私にメイドなんかいらないよ。しかもこんな怖いメイド……」

「そうは言ってもね、これは皇帝陛下が決めたことなんだ。我慢してくれコマリ」

「皇帝？　どういうこと？」

「それは私が説明いたしましょう」

　変態メイドが一歩前に出て、

「テラコマリ様、七紅天をご存知ですか」

「何だよ藪から棒に……いや知ってるけどさ」

　七紅天。それは国家の軍事活動の一切を任された吸血鬼のことであり、ようするに帝国軍でもっとも強い七人の猛者のことである。それがどうしたというのか。

「それにテラコマリ様がなったのです」

「は？」

「おめでとうございます。わずか十五歳にして七紅天就任は異例ですよ」

「いや待って。……なんで？」

「それはね、お父さんがちょっと頑張っちゃったからさ」

　父はキモいほどのニヤケ顔で言った。

「コマリ、以前きみは就職したいって言ってただろう？」

　ドキリと心臓が跳ねてしまう。

「……そ、そうだっけ？」

「お父さんはしっかり覚えてるよ。あれは去年のクリスマスパーティーでのことさ。ロロがコマリに『そろそろ働いたら？』って聞いたとき、きみはこう答えたんだ――」

――働く、ねえ。私だって労働の重要性は理解しているよ？　でもね、私は希代の賢者なんだ。私に見合う仕事なんてなかなかないんだよ。まあ、一つだけあるとしたら、それはムルナイト帝国の皇帝かな？　皇帝になれるんだったら働いてあげてもいいけど？

顔に熱がのぼってきた。

言われてみればそんなことを言ったような気がしないでもない。

「いやあ、お父さんは感動したよ。引っ込み思案だったあのコマリが、三年も部屋に引きこもっていたあのコマリが、まさか仕事に就きたいと言い出すなんて」

どう返せばいいのだろう。白状すれば私には働く気など一切なかったのだ。クリスマスパーティーで「皇帝ならやってもいいよ」などと無謀なことを口走ったのは、完全に酔った勢いである。飲んでたの、りんごジュースだけど。

「そ、そうだね。そんなこと言ったね。で、それがどうしたの？」

「この前、陛下に奏上してきたんだ。コマリに帝位を譲ってくださいってね」

バカか!?

「そうしたら陛下、かんかんに激怒あそばされちゃって」

そうだよ。そりゃあそうだよ。

「それでもお父さんは食い下がったよ。コマリのためにね」

お願いだから余計なことしないでよ。

「お父さんはね、コマリがどれだけ天才であるかを力説したんだ。コマリが自分のことを希代の賢者と呼んでいること。コマリが普段部屋にこもって常人には理解できない思索に耽っていること。そして何より、コマリが一億年に一度の美貌を持っていること——そうしたらね、なんと陛下は『面白い』と仰った」

面白くねえよ。顔から火が出そうだよ。

「つまり陛下はコマリを認めてくれたってわけさ。でも、さすがに何の実績もない女の子をいきなり皇帝にすることはできないでしょ？　だから七紅天なんだよ」

変態メイドがこくりと頷いて、

「ガンデスブラッド卿の仰る通りでございます。ムルナイト帝国の慣習によると、皇帝になれるのは国士無双の武力を持つ者だけ。ゆえに基本的には七紅天として一等の武功をあげたものが次期皇帝候補になります。陛下はテラコマリ様の実力を推し量るために七紅天に任命なさったのでしょう。ちなみに私はテラコマリ様をサポートするよう派遣されたメイドでございます。以後お見知りおきを」

頭がくらくらしてきた。

七紅天ってあれだろ。世界中央の《核領域》で他種族を殺しまくってる悪魔どもだろ。私は平和を愛する正義の吸血鬼なんだぞ。そんな野蛮人どもとは相容れないんだぞ。

やってられるか、アホ。

もはや話が理解できる範疇を越えていたため、というかそろそろ尿意が臨界点を突破しそうになっていたため、私は二人を無視してトイレに向かおうとした。ところが、

「待ってください！」

恐るべきことに、変態メイドがふとももにしがみついてきた。

「私はテラコマリ様の覇道を助けるためのメイドなのです！　どうか、どうか七紅天就任を受け入れてくださいませ。でないと私の存在意義がなくなってしまうのです……」

「や、やめろ揺するな！　漏れるだろ⁉」

「私はテラコマリ様の端女でございます。受け止める覚悟はできております」

「受け止められる覚悟はできてねえよ！　お父さんも見てないで助けてよ！」

「そうは言っても、ヴィルくんは希代の賢者に相応しい希代の従者なんだ。コマリが前に進むサポートをしてくれるはずだよ」

「むしろ食い止められてるんですけど⁉」

「テラコマリ様。お願いですから七紅天になってください」

「誰がそんなもんになるか！」

私は精一杯の怖い顔を作って変態メイドを睨みつけてやった。

「この際だから言うけどな、私は小説家になるんだ！　今だって色々書いてる！　外に出ず、誰とも関わらず、独りで部屋にこもって物語を綴っていたいんだ！　就職したいだなんて、あんなの口から出まかせに決まってるだろ！　なに本気にしてんだよバカ！」

言ってから気がついた。

変態メイドと父が、唖然とした顔でこっちを見ていることに。

心がちくりと痛んだ。

ずっとひきこもっていると、人は心がおかしくなってしまうのかもしれない。

ちょっと前までの私なら、お父さんに怒鳴るなんてこと、有り得なかったはずなのに。

「だ、だから……七紅天にはならないよ」

「ですが」

「しつこいなっ！」

「ですが――七紅天にならないと、テラコマリ様は爆発して死ぬ運命にあります」

「……はい？」

こいつ、今なんて言った？

ばくはつ？　え？

「ヴィルくんの言う通りだよ、コマリ」

眉を八の字にした父がこっちを見つめていた。

「七紅天になるには皇帝陛下と契約を交わす必要があるんだ。七紅天という格別の地位を賜るかわりに、何があっても帝国のために尽力するという契約をね。そして、仮にその契約を破った場合、魔法の力で爆発するように設定されている」

「いや、そもそもそんな契約した覚えはないんだけど」

「昨晩、忍び込んだのです」

「……何が？」

「陛下が。テラコマリ様が寝ている隙に、ちゅーして契約してしまったのです」

「はあああああああ⁉」

ちゅ、おまっ、ちゅーだと⁉　ちゅーって、あのちゅーか⁉　確かに契約魔法を発動させるためのトリガーとしてキスという手段もあったはずだが――それにしたってお前、勝手に部屋に侵入して寝ている私にちゅーって、どう考えても変態じゃないか！

「……いや待て、契約魔法は双方の合意に基づいて発動するはずだ！　私は合意した覚えなんかないぞ⁉」

「お父さんが合意しちゃったからね。法定代理人だし」

「何やってんの、お父さんっ！」

ぽかぽかと殴っても父は「あははは」と笑うばかりだった。笑いごとじゃねえよ。

ということはアレか。私のお腹に浮き出た模様って、契約の証だったのか。ふざけんなよ。訴訟も辞さないレベルの暴挙だぞ。

「最悪だ……人生終わった……」

「テラコマリ様。これが陛下の親書でございます」

変態メイドは無駄に煌びやかな意匠の紙を手渡してきた。ざっと目を通してみる。

『朕はコマリを七紅天にすると決めた。既に血の契約は完了済みであるからして、そなたは絶対に朕の命令から逃れることはできぬ。爆発したくなければ七紅天としての責務を全うし、朕に認められて次期皇帝候補になれるよう励むがよい。――まあ七紅天大将軍としての実力はともかく、そなたの容姿だけは既に認めておるがな。そなたの美貌は間違いなく帝国一だ。寝顔を見ているだけで気持ちが昂って仕方なかったぞ。

ところで、噂によればそなたは血を飲むのを厭うておるそうではないか。吸血鬼のくせして珍しい。そんなそなたのために朕は配慮をしてやったぞ。朕の血液を飲ませるかわりに朕の唾液を流し込むことでもって契約としたのだ。平たく言えばディープな接吻だ。かような待遇は異例ぞよ。ありがたく朕の味をかみしめるがよい』

ＫＩＭＥＥＥＥＥＥＥＥＥＥＥＥ――――――!?

「よかったですね、テラコマリ様」

「よくないよ！　鳥肌がおさまらないよ！　ちゅーなんてしたことなかったのに……」

「まあまあ。いい機会だし、このまま七紅天になってしまいなさい。これでコマリは立派な社会人さ！　お父さんも胸を張って娘の自慢話ができるぞ！」

あはははははは――と笑う父の声がやけに遠く聞こえる。

七紅天大将軍。

よりにもよって、なんでそんな荒っぽい仕事なんだよ。どうせ就職するんだったら、もっと平和なやつがよかったよ。ケーキ屋さんとかさ……。

「おめでとうございますテラコマリ様。さっそくですが今後のスケジュールをお伝えします。まずは二時間後に陛下との謁見、その後は部下たちとの顔合わせを行います。明日には隣国ラペリコ王国との初戦。それからそれから――」

喜々として予定を語り始める変態メイドの声なんて耳に入らなかった。

なんだよ。なんでこんなことになってるんだよ。皇帝になりたいなんて言わなきゃよかったよ。というか、なんで皇帝のやつはお父さんに説得されてんだよ。コネ採用っつったって限度があるだろ。弱味でも握られてんのかよ。おい。

そんなふうに内心で呪詛を唱えても意味はないのだ。

これは現実。そう、現実なのだ。

いままで散々現実逃避してきたツケが、今頃になって回ってきたのだ。

「うあああああぁぁ――――――――――ッ‼」

もはや色々と限界に達した私は、ついに絶叫してその場にうずくまった。

うずくまったはいいが、おしっこ漏れそうになったので慌てててトイレに直行した。

今度は止める者はいなかった。

☆

一時間後。

「なあ。えーと、ヴィルヘイズ」

「ヴィルとお呼びください」

「そ、そっか。じゃあ私のこともコマリでいいよ。家族はみんなそう呼ぶんだ」

「承知しました。コマリ様」

「うむ。――ところでヴィル、私の部下って、五人くらい？」

「五百人です」

ぶっ倒れそうになった。五百とかいう桁外れの数字に驚いたというのもあるが、久々に日光の直撃を受けたことによって軽い目眩を覚えたのだ。

「うう、太陽がつらい……」

「ああっ、コマリ様！　しっかりしてください！　いまトイレにお連れしますから」

「連れてくとこおかしいだろ⁉」

「でもあんなに行きたがってたのに」

「もう済ませたよ！」

変態メイドと衝撃の邂逅（かいこう）を果たしてから一時間が経過した。

まったくもって非情な現実である。

これは夢ではないのかと何度もほっぺたをつねってみたのだが、痛いだけで何の効果もなかった。つまり、私は皇帝陛下によって七紅天に任じられてしまい、しかも拒否すれば爆発して死ぬとかいうアホみたいな状況に陥（おちい）ってしまったのだ。自業自得といえばそれまでだが、それにしたって理不尽すぎである。私は頭を抱えた。

「あーもー、将軍になんかなりたくないよ……」

「死にたいんですか？」

「そりゃあ死にたくないけどさ……」

死にたくないから、こうして外に出てきたのだ。

一時間ほど前のことである。もはや将軍就任が逃れられぬ宿命であると悟った私は、しぶしぶ脱ひきこもり宣言をした。した瞬間、使用人たちから拍手が巻き起こった。父なんかは涙で顔をぐしゃぐしゃにして喜んでくれた。いつの間にか現れた兄や姉も祝福してくれて、絶望的な状況であるはずなのになんだかこそばゆい気持ちになってしまった。妹だけが「コマ姉死ぬの？」などと不吉なことを呟いていたのが印象的である。妙なフラグを立てんでほしい。

父によれば、私が履行すべき具体的な条件はただ一つ。

『三カ月に一度、他国と戦争をして勝利すること』

それが七紅天としての最低限の責務であり、これを守らなければ私の身体は爆散して地上の星になるというのだ。理不尽すぎて涙が出てくる。……あと、この条件に加えて、

『百回戦争に勝利すれば、次期皇帝候補の地位を得ることができる』

とかいうどーでもいいルールもあるのだが、いまの私にとっては本当にどーでもいい。

「お急ぎください。謁見時刻まであと二十分です」

ヴィルが用意してくれた馬車に急いで乗り込んだ。こんなものに乗るのは三年ぶりである。というか外に出たこと自体が三年ぶりの快挙である。不慣れな足取りでふかふかした椅子に腰かけると同時、私の口から自然と漏れ出たのは大きな溜息だった。

それからしばらく走ると目的地に到着する。

初めて見上げた皇帝の居城は、こうして見ているのが憎たらしくなるくらいに豪奢な佇まいだった。うちの屋敷も大きいほうだが、さすがにこの城には敵わないだろう。

衛兵に来意を告げると、スムーズに謁見の間へ案内される。

やばい、緊張してきた。

「――やあやあやあ、よくぞ参ったコマリよ！　相も変わらずめんこいなっ！」

玉座から軽やかに飛び降りたそいつは、満面の笑みを浮かべて私に近づいてきた。

目の覚めるような金髪が印象的な、私と同い年くらいの女の子である。しかし見た目に惑わされてはいけない。こいつは前世代の七紅天として他国の将軍たちを屠ってきた悪魔なのだ。しかも噂によれば生粋の同性愛者でもあるらしく、可愛い女の子を見かけたらＴＰＯを完全無視したセクハラを仕掛けてくる色情魔であり――って顔が近い近い近い！　なんだこいつ、やっぱり変態じゃないか！

「やあコマリ。朕はきみに会えて嬉しいぞ」

距離が2センチもない。息が頬にかかる。甘いにおいがする。月色の瞳がじーっと見つめてくる。逃げたいけど逃げたら不敬罪で死刑だ。あまりにも理不尽。

「こ、光栄です、けど、……あの、ちょっと近くないですか」

「皇帝と将軍が親密であって何が悪い？」

「いや、そういうことじゃなくて、物理的に近いというか……」

「ところで朕はきみのおっぱいが揉みたい。揉んでいいか？」

とかなんとか言いながら遠慮会釈もなく私の胸に手を伸ばしてきた。私は確信した。こいつは疑いの余地もないド変態だ。一刻も早く警察を呼ばなくてはならない。

「――陛下、お戯れもほどほどに。コマリ様が泣いてしまいます」

あまりの恐怖で泣き出しそうになっていたところ、不意に変態メイドが口を開いた。予想外の助け舟である。こいつにも常識的な部分があったのか――と感動していると、皇帝は「冗談だよ」と笑って再び玉座に腰かけるのであった。冗談じゃない。

「朕は気持ちを大事にするタイプだ。きみがその気になるまでおっぱいは揉まん」

「ちゅーはしただろ……」

「む」

一瞬、皇帝は虚を突かれたような顔をして、

「わっはっはっは！　面白い、実に面白い。きみに敬語は似合わんな。これからは十年来の友と語らうつもりで朕に接するがよい」

友達なんて一人もいたことねーよ。

そんな私の内心など知りもせずに、皇帝は優雅に脚を組んで言う。

「ところでだが、きみは母君によく似ているね。雰囲気はちょっと違うが、少々懐かしい気持ちになってしまうよ」

「そ、そうですか？」

「うむ、特に似ているのはその美貌だな。傾国の美女と名高かったユーリン・ガンデスブラッド――きみの母君と目鼻立ちがそっくりだ。そっくりすぎてゾクゾクしてしまうよ。ああユーリン、いつかお前を手に入れてやろうと思っていたのに、まさかアルマンのクソ野郎に寝取ら

ではないかね？」

れてしまうなんて――おや？　きみが首から提げているのは、もしやユーリンのペンダント

「えっと……」

熱っぽい視線に突き刺されて私は狼狽してしまう。

何も言えずに固まっていると、皇帝は「すまんすまん」と取り繕うように笑った。

「こんな話はどうでもよかったな。――さて、テラコマリ・ガンデスブラッドよ。これから

きみを七紅天に任命するわけだが、覚悟はできてるな？」

「はい」

できてねえけど。

「敬語はやめろと言っておろうに。言うこときかないとちゅーするぞ」

「わかり……ま……」

「よし、ちゅーしよう」

「わ、わかったよ！　わかったから変態行為に走るなっ！」

「あっはっはっは！　きみは面白いなあ」

一ミリも面白くねーよ！

という私の心の叫びが変態皇帝に聞こえるはずもないのだった。

「まあ、冗談はこれくらいにして話を戻すとしよう。――これからコマリが七紅天になるに

あたって、一つだけ注意事項を述べておこうかと思ってな」

「……注意事項？」

「うむ。きみ、実は弱いだろう」

ぎくりとした。

しかし、別に隠すようなことでもないのだ。私の戦闘能力が雀の涙ほどもないことなんて、ちょっと調べればすぐにわかることだろう。

「それがどうかした？　あ、もしかして弱すぎるから七紅天にはできないとか？　だったら今すぐ家に帰りたいんだけど……」

「案ずるな、朕と契約を交わした時点できみの位階は準一位・七紅天大将軍だ」

チッ。

「問題はきみが職務を全うできるかどうかだ。きみもよく知っているだろうが、七紅天大将軍とは軍事の要（かなめ）。敵将を虐殺できなければお給金はどんどん下がっていくぞ」

「……あれ？　ってことは、下手（へた）こきまくったらクビになれるってこと？」

「ああ。爆発してクビが吹っ飛ぶ」

ふざけんじゃねえよ。私の期待を返せよ。

「そういうわけで朕は問いたいのだ。きみはいかにして敵将を虐殺するつもりなのか？」

皇帝は真剣な表情で尋ねてきた。

だが――私は一切動じなかった。

「……言っておくが、私は希代の賢者なんだぞ？」

皇帝は「ほう」と興味深そうに腕を組んだ。

「それはアルマンから――否、きみの父君からよく聞いているぞ。身体能力が絶望的であるかわりに、きみは桁外れの知能を有するらしいな」

「その通り。十五年にも及ぶ人生で培ってきた知識の量は常人のそれを遥かに凌駕する。たとえ戦闘能力がなくても、私には人を動かす高度な戦術があるんだ。なにせ私は『アンドロノス戦記』を全部読んだんだぞ？　皇帝も知っているだろうが、あれは全十四巻構成で、しかも一巻一巻が４００ページにも及ぶ超大作だ。あの話に出てきた戦術はすべて頭に入っている。戦闘能力なんか無くたって、私は知将として十分に活躍できるんだよ」

そう、私がなんだかんだ言って七紅天になることを受け入れたのは、私自身が戦わなくてもいいだろうという確信があったからだ。もし七紅天ではなく一介の兵卒になれとか言われたら恥も外聞もなく大泣きして引きこもる自信があるね。うん。

「コマリ様、それはあまりにも……」

しかし、なぜか変態メイドが憐れむような視線を向けてきた。

皇帝に至っては苦笑すら浮かべている。いったい何がおかしいというのだ。

「……よろしい。仮にきみの知将っぷりが神にも匹敵するレベルだったとしよう。しかしこの力がすべての吸血鬼社会において、弱い上司をそのままにしておく部下がいると思うかね？」

「部下が筋トレしろって言ってくるの？」

「違う。下剋上だ」

言葉が詰まった。皇帝は淡々と続ける。

「たとえば、コマリの前任の七紅天は下剋上によって殺された。なぜならその前任者が部下よりも弱かったからだ」

「ちょ、ちょっと待ってよ!? そんなのが許されていいの!?」

「名目上は許されていないが、下剋上の風潮が容認されつつあるのは事実だ。その証拠として前任者を討った吸血鬼は今も正規の帝国軍人として戦いに明け暮れている。朕もそれを咎めるつもりはない」

「ってことは……」

「そうだ。コマリが超弱いことが露見した場合、ほぼ確実にぶっ殺されるだろう。吸血鬼なんて、どいつもこいつも上昇志向の塊みたいな輩だからな」

「ど、」

変な汗が流れる。動悸が激しくなる。

「どうするんだよ!? 死ぬってアレだろ、ものすごい痛いんだろ!? たんすの角に小指をぶつけるより痛いんだろ!?」

「死ぬのは嫌か？」

「嫌に決まってるだろ！」

「だが、死んだら引きこもりに戻れるぞ？」

「う……」

魔核の力をもってすれば、何度死んでも生き返ることができる。それは自然の摂理であり、子供でも知っている一般常識だ。つまり——私が死んで下剋上が相成れば、私は七紅天の座から強制的に引きずり下ろされることになる。それは私にとっては願ってもないことであるはずだ。けれど。

「……死ぬのは嫌だ。それに、これはお父さんが私のために斡旋してくれた仕事なんだ。やらないわけにはいかないから」

私の訴えを聞き届けた皇帝は射抜くような視線を突き刺してくる。やがてふっと頬を緩め、

「では隠し通すしかないな。どんなことがあっても、部下の前では絶対的な強者として振る舞いたまえ。そのためのサポートは——そこにいるメイドがする」

「お任せくださいコマリ様。必ずや部下どもを勘違いさせてみせましょう！」

「不安しかねえぞ……」

七紅天の任期：ナシ。つまり、戦争で負け続けるか、下剋上されるか、皇帝候補になるかしなければ、戦いから逃れることはできないのだ。

終わりの見えない苦行が、この瞬間より始まった。

「……ヴィルは下剋上しないよね？」

「当然です。私はコマリ様のことを宇宙でいちばん愛していますから」

嘘くせえ。今日が初対面だろ。

☆

そのとき、ムルナイト宮殿七紅府・血濡れの間には、新生コマリ隊に配属された吸血鬼たちが勢揃いしていた。どいつもこいつも深紅の衣服を身にまとった強力な化物どもであり、血走った目をぎょろぎょろさせながら己が将軍の到着を待っている――のだが。

「――遅いッ！　何をやってるんだ、大将軍閣下はッ！」

金色の髪を持った少年が、怒りをあらわにして地団駄を踏んでいた。

名をヨハン・ヘルダースという。炎の魔法を自在に操る天才ルーキーだ。

「見ろよ、集合時間を五分も過ぎてやがる！　こんな遅刻野郎に僕たちのリーダーが務まると思うか？　思わねえよなあ？　認められねえよなあ!?　皇帝陛下にチクって七紅天就任を取り消しにしてやるのも吝かじゃねえよなあ!?」

ヨハンは同意を求めて吸血鬼たちを見回した。

うんうんと頷いているやつもいるにはいるが、そいつらは普段からヨハンにおべっかを使っている腰巾着どもだった。大多数の吸血鬼は彼に否定的である。

「はあ？　お前らムカつかないわけ？　時間を守らないやつなんざ社会人として失格だろうがよ！」

「――黙れ小僧。我々は大将軍の麾下なのだ。文句を言える立場ではない」

低い声が場に響き渡った。壁に寄り掛かるようにして腕を組んでいたのは、狼の頭を持つ大男――ベリウス・イッヌ・ケルベロである。

ヨハンは「ちっ」と盛大な舌打ちをしてベリウスを睨みつけた。

「なんだと犬頭。獣人の王国に強制送還してやろうか、あァ⁉」

「おい貴様、今なんと言った？　そのよく喋る口を削ぎ落としてやろうか、糞餓鬼め」

「は？　誰が糞餓鬼だって？　こう見えても僕、二十歳なんですけど？」

「精神年齢は三歳だろう。餓鬼は餓鬼らしく幼稚園にでも通っていろ」

ブチィッ！　と何かがキレる音がした。

音の発生源は言うまでもなくヨハンである。

「ぶっ殺すぞゴラァ！」

ヨハンは無詠唱で地獄の炎をまとうと、床が陥没するほどの力で大ジャンプした。彼我の距離は五メートル弱。一秒もあればベリウスの顔面まで拳が届く。

「餓鬼は喧嘩っ早くて困る」

ベリウスが大斧を構えた。ギャラリーどもから歓声があがり、激しい炎が天井を焦がす勢いで燃え上がり、間もなく両者の一撃が激突するかに思えたその瞬間——

ばちぃん！　と見えない壁に弾かれてヨハンの身体が後方に吹っ飛んだ。

床に背中を打ちつけたヨハンは必死で状況を把握しようと周囲を見渡す。そして、一人の男が右手をかざしているのを発見する。

「……邪魔すんなよ、カオステル」

「身内同士の争いほど醜いものはありません。二人とも武器を収めてください」

「ちっ……」

わかればいいのです、と男は不気味に笑った。

カオステル・コント。枯れ木のような体軀が特徴的な、恐らくこの場でもっともヨハンに有効な魔法を使える吸血鬼である。

ギリリとヨハンが歯を鳴らすと、その背中をぽんぽんと叩く者がひとり。

振り返る。

チャラチャラした男が両手の中指を立てていた。

「オレの名前はメラコンシー。溢れるカリスマウルトラC。糞餓鬼さっさと幼稚園直帰、オレ様せっせと出世でラッキー。誰が最強？　オレが最強！　イエーッ！」

ぶん殴ってやった。

どうしてこの隊にはムカつくやつしかいないのか。

「——ごほん。無益な争いは控えましょう。これから大将軍をお迎えするというのに、部下の私たちがこのような有様では示しがつきません」

「一理ある。我々がすべきことは大将軍の到着を黙って待つことだけだ」

「イエーッ！　黙って待てないガキ三歳、ラリってトゥナイ性犯罪！」

三人の言い分に、ほとんどの吸血鬼が納得していた。

ヨハンだけがブチギレてメラコンシーに跳びかかろうとしたが、今度は腰巾着どもに取り押さえられて動きを封じられてしまった。

大騒ぎをする金髪ルーキーを流し見、カオステルはおもむろに腕を組んで言う。

「——しかし、ヨハンの気持ちもわからないではありません。新七紅天のテラコマリ・ガンデスブラッドという方は、我々からすればどこの馬の骨ともつかぬ小娘ですからね」

ベリウスがふん、と鼻を鳴らし、

「テラコマリ殿の母君は前世代の七紅天だったそうだ。それにガンデスブラッドはムルナイト帝国の名家であろう。馬の骨は言いすぎだ」

「イエーッ！　ガンデスブラッド帝国の貴族、ベリウスわんわん帝国のドッグ！」

メラコンシーがぶん殴られて吹っ飛んだ。全方位に喧嘩を売っていくスタイルである。

カオステルは「やれやれ」と肩をすくめて言う。

「テラコマリとやらは、荒くればかりのこの部隊を統率できるのでしょうか」

「……仮にできなかったとしたら、その時はまた起こるだろうな」

「おや。今度はベリウスがやるつもりですか？」

「必要とあらばやるが――この第七部隊には私より血の気の多い馬鹿どもがいくらでもいる。我々が『血濡れの軍団』などと揶揄（やゆ）されているのは、その馬鹿どもが今までやりたい放題やってきた結果であろう」

「まったく、上がころころ変わると面倒ですねぇ」

「ならばいっそお前が七紅天をやったらどうだ」

「それは無理ですよ。私を含めた第七部隊の連中は陛下から嫌われていますからね」

ムルナイト帝国軍第七部隊。

それは、帝国軍におけるはみ出し者を集めたアウトロー軍団だ。所属する五百人のうちの大半は何らかの問題を起こして左遷されてきた吸血鬼どもであり、ゆえに第七部隊は帝国軍においても鼻つまみ者扱いされているのだった。

そんな部隊だからこそ、下剋上がよく起こる。

「今度は長く続いてくれるといいのですがねぇ。なにせ、トップがいないと戦争を起こすことすらできないのですから。――おや、ご到着のようですよ」

カオステルにつられ、ベリウスもその視線の先を見た。

血濡れの間の大扉が、音を立てて開いていく。

そのとき、部屋の隅で何者かが大きく動いた。

「はッ！　どんなやつだか知らねえが、この僕の上に立つなんざ十年早いんだよッ！」

ヨハンである。やめろやめろと宥める腰巾着どもをぶん殴って黙らせると、両の拳に炎をまとって駆け出していた。

「……どうする。止めるか？」

「いえ、様子見しましょう。ここは新七紅天のお手並み拝見ということで」

そう言って、カオステルはにたりと笑う。

☆（すこしさかのぼる）

謁見の後は部下との顔合わせである。

ヴィルに案内されるまま進んだ先は、帝国軍の武官が自由に出入りすることを許されている東塔、俗に七紅府と呼ばれる建物だった。ヴィルによれば七紅府は宮殿の中でも比較的質素な趣の建物らしい。そう言われてみると、確かに七紅府の白く重厚な建築様式からは、貴族的な華やかさよりも、武人らしい朴訥な力強さが感じられる。いずれにせよ希代の賢者である私には似合わないことこの上ない。

　で、あれよあれよと言う間に連れていかれたのが更衣室である。

「さあ、これに着替えましょう」

　そう言ってヴィルが差し出してきたのはムルナイト帝国の軍服だった。スタイリッシュなデザインは格好いいといえば格好いいが、まさか自分がこれを着ることになるなんて誰が予想できただろう。

「脱ぐお手伝いをします。バンザイしてください」

「い、いいよ。自分で脱ぐよ」

「ダメです。私はコマリ様の専属メイドです。コマリ様を脱がす義務があるのです」

「そんな義務あってたまるか！　お前はそこでじっとしてろ！」

「そうですか。ではここでコマリ様のストリップショーをじいっと観賞してます」

「しなくていいからっ！」

　こいつ、秒単位で変態レベルが上がってきてないか？　このまま放っておいたら襲われそうな気がするぞ——そんな感じで恐れを抱きつつ、なんとか着替えを済ませることに成功。試しに姿見の前に立ってみる。……うむ、悪くはないな。巷（ちまた）で噂されるだけあって、ムルナイトの軍服はセンスがいい。

「よくお似合いですよ、コマリ様」

「そ、そうかな？　まあ、こう見えても私は一億年に一度の美少女だからね。何を着ても似合っちゃうのかもね」

「最高です。超可愛いです。せっかくですから帰ったらコマリ様のファッションショーを開催しましょう。古今東西のあらゆる衣装を準備いたしますのでご期待ください。フォーマルな感じもいいですが、コケティッシュな魅力も演出したいですね。ゴスロリとかワンピースとか……」

「やってられるかアホ」

もはや変態に付き合っている暇などないと結論づけた私は、ついに自ら率先して更衣室を飛び出した。逃げる場所などないのは十分承知している。ならばさっさと挨拶だけでも済ませてしまうのが吉だろう。

「すごい……まるで本物の七紅天みたいです」

「これから本物になるんだよ。心底嫌だけどな」

軍服を身にまとったことで多少の諦めがついたのかもしれない。相変わらず心臓はドキドキいってるし、じっとしていると手足が震えそうになるけれど。

すれ違う吸血鬼たちから謎の最敬礼を受けながら歩くこと数分、ようやく目的の扉が見えてくる。私の部下たちが待つ『血濡れの間』だ。どうしてそんな物騒な名前がついているのかとヴィルに聞いてみれば、「殺人事件があったからです」とのこと。冗談を言うならもっと楽しい冗談を言ってほしい。

私は深呼吸をしてから恐る恐る扉に手をかけた——のだが、びくともしない。

重すぎるのだ。なんだこの観音扉、バリアフリーが行き届いてないぞ?

「ぐぬぬ……100万トンくらいあるんじゃないか、これ」

「そんなわけありません。普通の吸血鬼なら普通に開けられるはずですが」

「悪かったな普通じゃないくらい非力で!」

文句を言いながらも、私は全体重をかけて扉を押し続ける。どうせなら左右の扉をバーン! と同時に開いてカッコよく登場したいところだが、そんな力があるなら今頃私は変態メイドを武力制圧して自室に凱旋(がいせん)している。お、ちょっと動いた。

「ファイトです、コマリ様」

「……お前、そんなところに突っ立ってないで、手伝えよッ……!」

変態メイドは華麗に無視をした。私が激怒したのは言うまでもないが、激怒したからといってこの状況で何ができるわけでもない。しぶしぶ全身の筋肉を酷使していると、ようやく扉が半分ほど開いてきた。よし、行ける! そんなふうに希望を見出した瞬間、

「死ねや大将軍閣下ァ————————ッ!」

「……え?」

私は見てしまった。

開きかけた扉の向こうから、ものすごい形相の金髪男が走り寄ってくる衝撃映像を。

「ちょっ、きゃあああああぁ――――――――ッ⁉」

「ひゃはははは！　僕の業火でテメェの髪の毛全部燃やしてゴベギァッ⁉」

どごぉん！　という重厚な音が響き渡った。

たぶん扉が閉まった音だと思う。

思う――というのは、実際に閉まったのを見ていないからだ。私は謎の男が走り寄ってくるのを確認すると同時に戦略的撤退を決意していた。押していた扉からすぐさま手を離し、ヴィルの背後に退避して「伏せ」の体勢に移行していたのである――といえば聞こえはいいが、ようするにびっくりして逃げ出しただけなんだよ！　意味わかんないよ！　誰なのさっきの人⁉　死ねとか言ってたよね⁉　警察呼ぶよ⁉

「コマリ様、大丈夫ですか」

「だ、だだだだ、だい、だい、だい――」

「よしよし。いい子ですね」

恐怖で震える私をヴィルは優しく抱きしめてくれた。

キャパシティーオーバーである。この部屋から出てきたってことは、さっきの人は私の部下なんだろ？　いきなり殴りかかってきたぞ？　最初っから下剋上する気満々じゃないかよ。アホかよ。というかヴィル、抱きしめてくれるのはいいけど、さっきからどこ触ってるの？　お尻とか胸とか揉みまくってるよね？　やっぱり変態なの？

「……ど、どうしようヴィル。私が超弱いってことがバレちゃってるかも……」

「心配ご無用です。コマリ様は不埒な反逆者に勝利いたしました」

「え……？」

意味がわからず、ヴィルが視線で示すほうを恐る恐る見た。

顎が外れるかと思った。

金髪の男の人は、扉に首を挟まれたまま動かなくなっていた。

「ヴィル。あれ……」

「死にました」

「死んだの!?」

起きちゃったよ殺人事件！　しかも私が犯人!?

「お見事です。武器も魔法も体術も使わずに吸血鬼を殺処分するなんて並の芸当ではありません。さすがは希代の賢者にして新進気鋭の七紅天大将軍、テラコマリ・ガンデスブラッド様でございます」

「拍手してる場合じゃないだろ！　ああもう、どうしてこんなことに……」

私は死んだ男の人のもとに急いで駆け寄った。ちなみに、魔核の効果によってムルナイト帝国の範囲内なら寿命以外の理由で人が死ぬことはない。この人だって数日経てば蘇るはずだ。……けど、実際にこうやって人を殺してしまうと、なんだかものすごく後味が悪い。

「あわわ……お花でも供えたほうがいいのかな……」

「こんな愚か者には唾を吐きかけてやるだけで十分です。それよりも早く行きましょう。部下たちが待っています」

ヴィルは言うやいなや、ばこぉん！　と片手で扉を開け放った。私の苦労は完全なる無駄だったことが判明した。もはや何も言う気になれなかった。私は死んだ金髪の人に黙礼を捧げると、ずんずん進んでいくヴィルに慌ててついていく。

そして、全身を怖気が駆け抜けるのを感じた。

だだっ広い大部屋で私を待ち構えていたのは、ずらりと居並ぶ吸血鬼たちであった。ただし普通の吸血鬼ではない。どいつもこいつも軍の制服をまとった、いかにも堅気らしくない感じの男の人たちである。そいつらの視線が一斉に私に注がれているのだ。

あ、これダメなやつだ。

さっそく逃走するべく回れ右をしたのだが、ヴィルによって右手をがっしりと掴まれてしまった。あの観音扉を開く腕力から逃れるすべはない。終わったな、私。

「――テラコマリ・ガンデスブラッド様。お待ちしておりました」

部下たちの中から、枯れ木のような人がこっちに近寄ってきた。紅色の軍服に身を包んだ、いかにも吸血鬼然とした男の人である。緊張で死にそうになっていた私だが、そいつがいきなり私の前に跪いたのでマジで心臓が止まりそうになった。

「お初にお目にかかります。私はムルナイト帝国軍第七部隊所属、準三位中尉、カオステル・コントと申します。以後お見知りおきを」

「う、うむ。苦しゅうないぞ」

無難な返答をすると、カオステルとかいう人は満面の笑みで私を見上げてきた。

「閣下。私は感服いたしました。この第七部隊の中でもとりわけ血の気が多いヨハン・ヘルダースを、こともあろうに一撃で殺害なさるとは」

さっきの金髪の人のことか。殺すつもりはなかったんだけど——いやでも、これはチャンスだ。嫌味にならない程度に調子に乗っておくのがベストだろう。

「ふん。あの程度の吸血鬼なんて小指一本で始末できるぞ」

周囲からどよめきが上がった。

あれ？　小指はさすがに言いすぎだったかな——そんなふうに不安を覚えた私だったがもう後の祭りだった。カオステルが怪訝な顔を向けてくる。

「こ、小指ですか？」

「そうだぞ。小指だ」

「しかし、ヨハンとてそれなりに鍛えた吸血鬼であり……」

「私も鍛えてるんだよ！　お前らは知らないだろうけどな、私と指切りげんまんしたやつは全員もれなく複雑骨折するんだ！」

「なんと……」

自分でもギリギリな虚勢だったと思うが、どうやらみんな信じてくれたらしい。危ない危ない。もう下手な嘘をつくのはやめよう。バレたら即・死を意味するからな。これからは言動の雰囲気とかで強者を演出するのが望ましい。うん、私ならできる。なにせ私は希代の賢者なのだから。

「ちなみに、コマリ様は幼少の頃に百人の吸血鬼を小指一本で殺害しました。コマリ様が本気を出せばここにいる吸血鬼なんて五秒で全員ブチ殺すことが可能なのです」

お前えええええええええっ⁉

余計なこと言うなよ！　誰が聞いても嘘ってわかるからそれ！　おいこら、そのサムズアップやめろ！　ぜんぜんナイスフォローじゃねえよ！

「それにしてもコント中尉。先ほどから頭が高いですよ。恭順の意思を示すのであれば、まずはコマリ様の靴をお舐めなさい」

もう黙ってよおおおっ！　何が「お舐めなさい」だよ！　絶対殺されるって！　ほら見ろ、カオステルの目がどんどん険しくなって――――ん？　あれ？　そうでもない？

「――考えが及びませんでした。閣下、靴を舐めてもよろしいでしょうか」

「ダメに決まってるだろっ！」

反射的につっこんでから後悔した。逆ギレされて殺されるんじゃなかろうか。しかし意外にもカオステルは光の速さで土下座体勢に移行して、

「失礼いたしました。私のような下賤の者が閣下のおみ足に触れるなど、考えるまでもなく極刑に値する大罪でございます」

ドン引きである。

ドン引きであるが、なんだかこの男には私に対する敵意がそれほどないような気がしてきた。ちょっとだけ余裕を取り戻した私は、あくまで平静を装って声をかける。

「まあ……顔を上げたまえよ。それよりも、そろそろ全体に挨拶をしてもいいか？」

「はッ！　もちろんでございます！　第七部隊の――いえ、コマリ隊の隊員たちは、閣下のご挨拶を心から待ちわびております！」

コマリ隊って。恥ずかしいにもほどがあるぞ。

まあいい。そんなことを気にしていたらこの先やっていけない。小指がどうのこうのは忘れよう。そうしないと精神崩壊する。

私は震える身体に鞭を打って部屋を見渡した。その瞬間、総勢五百名にものぼる荒くれ吸血鬼たちがほとんど同時に膝をついた。怖すぎて泣きそうになった。逃げちゃ駄目だ。逃げちゃ駄目だ。逃げちゃ駄目だ。大きく息を吸って、吐いて、もう一回吸って――よし行け！

「皆の衆！」

何時代の人だよ。私のバカ。だが失敗を気にしている場合ではない。ここに来るまで何度も何度も頭の中で練習してきたではないか。さあ、言え。言ってしまえ！

「私こそが新しい七紅天、テラコマリ・ガンデスブラッドである！　私がお前たちの将軍になったからには、もう今までのような甘っちょろちょろ」

噛んだ。空気が死んだ。助けて、ヴィル。

「コマリ様は緊張して噛んでしまわれました。どうです、可愛いでしょう」

追い打ちじゃねえかよ。

変態メイドに頼っても無意味であると悟った私は、先ほどの失態を完全に記憶から抹消して挨拶を再開した。

「もう今までのような甘っちょろい生活に戻れると思うな！　これからは戦争の毎日だ。血の流れない瞬間はない、殺戮の毎日なのだ！　だが安心しろ、お前らは黙って私についてくるだけでいい。決して下剋上とか裏切りとか馬鹿なことは考えず、可憐で強大で天才すぎるテラコマリ・ガンデスブラッド様についてくるだけでいいのだ！　約束してやる。お前らが私に従って戦争を続ける限り、果てしない悦楽の毎日を享受させてやると！」

おお、と感嘆の声があがった。

まったく、私は何を言ってるんだろう。

戦争とか殺戮とか悦楽とか、そんなもんにはこれっぽっちも興味はないのに。

「そうだ。私は世界の覇者になる吸血鬼だ。このテラコマリ・ガンデスブラッドがこの世に存在する限り、天地の間にあるもので私の意のままにならぬものはない！　なぜなら私は絶対的な強者だからだ！　彼を知らず、己を知らず、それでも百戦を容易く勝ち抜く武力がある！　智謀がある！　魔法がある！　そうだ、お前たちは最強すぎる私に従うだけでいい。どんなときでも素直に、従順に、下剋上なんて考えず、絶対に考えず、私のことを信奉して守護するだけでいいのだ！　わかるか、親愛なる兵士たちよ！　鮮烈なる血液色の栄華がそこにある！」

みんなの視線が集中している。やばい。吐きそう。なんで私はこんな物騒な演説してるんだよ。小説の読みすぎだっつーの。

「さあ、征こう！　ともに剣をとるのだ！　いいか、絶対私についてこいよ！　裏切るんじゃないぞ！　下剋上とか考えたら、さっきの金髪の人みたいに無残な死を遂げることになるからな！　私が容赦なく一秒で息の根を止めてやるからな！　わかったか！　わかったならよし！　私についてきたいと思うものだけ、ここに残れ！　テラコマリ・ガンデスブラッドの名にかけて永遠の繁栄を約束してやろうじゃないか！　以上ッ！」

それだけ言うと、私は口をつぐんで目を閉じた。

言いたいことは言ってやった。後半部分は明らかにアドリブ臭がするけど、コミュ障の私にしてはよくできたほうだと思う。強い言葉を使えば強く見えるのだ。みんな私の実力をイイ感じに勘違いしてくれたはずである。

でも、怖いものは怖い。

耐えきれなくなった私は、ちらりとみんなの様子を確認した。

その瞬間、

うおおおおおおおおおおおおおおおおおおおおぉぉ――――

と、鼓膜が破れそうになるほどの歓声が巻き起こった。

「え？　な、なんだこれ」

狼狽する私をよそに、吸血鬼たちは麻薬中毒者のように熱狂して大声をあげていた。しまいには「コマリン！　コマリン！」などと聞いてるだけで恥ずかしくなるようなコマリンコールまで始まってしまう。誰がコマリンだ。私はアイドルではない。

困惑で石化していると、ヴィルが謎の悩殺ウインクをぶちかましてきた。

「おめでとうございます。どうやら部下たちはコマリ様に心酔したようです」

心酔てお前。

こんな簡単にいくものなのか？　ちょっと展開はやすぎない？

「とりあえず、ツカミは成功ですね。あとはどれだけ実力を隠し続けられるかです」

「それが一番の問題なんだけど……」

色々と憂鬱(ゆううつ)な気分に浸(ひた)っていると、数人の部下たちが私の近くまでやってきた。もしや私に賛同しない連中か⁉　――そんなふうに危機感を覚えた私は咄嗟(とっさ)に逃げる準備を始めたのだが、彼らの口から出た言葉を聞いて固まってしまった。

「閣下！　靴を舐めてもいいですか⁉」

「閣下閣下！　僕を踏んでください！」

「閣下閣下閣下！　俺もヨハンみたいに圧死させてください！」

別の意味で身の危険を感じた。

大丈夫かよこの隊。変態しかいないぞ。あと最後のやつは勝手に死んでろ。

いや、そんなことはどうでもいいのだ。こいつらが常軌を逸した変態だったとしても、私のやることは変わらない。こいつらに殺されないように、死ぬまで強者を演じ続けなければならないのだ。嘘にまみれた演説はとりあえず成功したようだが、この先どこまでその嘘を貫き通すことができるのやら……。

これからの面倒臭すぎる日々を思い、私は大きな溜息を吐くのであった。

さっさと家に帰ってベッドに潜りたい。

※

どうしてテラコマリ・ガンデスブラッドはこれほどの支持を集めることができたのか。

その理由は、第七部隊コマリ隊の吸血鬼たちの声を聞けばだいたいわかる。

「ああ、閣下ね。だって、すごい可愛いんだもん」

「いやもう、一目惚れだね」

「むさ苦しい軍隊生活に咲く一輪の花。俺の股間は準備万端」

「糞餓鬼を容赦なく殺した冷徹さ——私はそこに覇者の資質を見出したのだ。どれほどの戦闘力があるのか知れないが、前任者よりはマシだろう。まあ、しばらくは様子見だな」

「コマリたんマジ覇者」

「踏まれたい」

「ぺろぺろしたい」

「血を吸いたい」

「イエーッ！　コマリン閣下センス絶頂、智謀があって魔法最強」

「声が美声で萌えヴォイス」

「名前を呼んでほしい」

「正直なところを申し上げますと、一目見た瞬間に圧倒されました。部下を何のためらいもなく処分する鉄の理性。天使もかくやという可憐な容姿。あの方こそ私が仕えるに相応しい人物です。いずれは靴どころか素足をげふんげふん。何でもありません。とにかく今後に期待ですね。あの七紅天が小指で敵を屠る姿をぜひとも拝見したいものです」

　今までの大将軍が軒並みムサいオッサンだったという事実も影響しているのかもしれないが、

大半の連中は可愛い女の子が来たというだけで狂喜乱舞していた。アウトローだ何だと恐れられている第七部隊だったが、その本質はいたって単純なのかもしれない。

つまり、煩悩に塗(まみ)れたフツーの男ども。

コマリがそのロクでもない真実に気づくことは、未来永劫(みらいえいごう)ないのかもしれない。

で、ぷろろーぐに戻る。

☆

吸血種・ムルナイト帝国。
獣人種・ラペリコ王国。
神仙(しんせん)種・夭仙郷(ようせんきょう)。
翦劉(せんりゅう)種・ゲラ＝アルカ共和国。
蒼玉(そうぎょく)種・白極連邦(はっきょくれんぽう)。
和魂(わこん)種・天照楽土(てんしょうらくど)。

世界に存在するこれら六つの国は、それぞれ魔核を一つずつ持っている。

魔核とは特級神具の一つであり、無限に魔力を生み出すことができる器のことだ。現代社会はこの魔核の無限再生機能を利用した魔力社会であると言われている。

ムルナイト帝国を例にとってみよう。新たに帝国で生まれた吸血鬼は、生まれて二週間経った後に、血液の一部を魔核に捧げる儀式を行う。これには国家に命を預けるという呪術的な意味合いも無論あるが、より重要なのは、血液を魔核に混ぜ込むことによって、魔核から自己として認識されるという点だ。つまり、新しく生まれた吸血鬼は魔核の一部になるのである。

するとどうなるか。答えは簡単である。

魔核は無限に魔力を生み出し、無限に再生する力を持っている。魔核の一部となった吸血鬼はその力の恩恵を受けることになるのだ。ゆえにこの世界の住人たちは無限に魔力を扱うことができるし（といっても本人の資質によって使える魔法には制限がある）、魔核本体の影響が及ぶ範囲内ならば、どんなに深い傷を負っても、どんなに惨たらしい死に方をしても、一定の時間が経てば完全回復するのである。

そして――そんな世の中だからこそ、生きるか死ぬかの戦争など起こるべくもない。

現代の戦争とは、すなわちデモンストレーションである。国と国とが自らの威信をかけて全力で戦い抜くという、一大エンターテインメントなのである。

ゆえに戦争を主導する大将軍は、国力を世界に誇示する宣伝大臣の役割も兼ねている。七紅天が無様に敗北を喫すれば、それは皇帝の顔に泥を塗ったも同じなのだ。

私に無断でキスした変態皇帝には泥どころかヘドロがお似合いだと思う。

思うのだが、ヘドロなんか塗ってしまえば爆死の未来がどんどん近づいてくる。

「……こんな理不尽、あってたまるかよ」

私は天を仰いで大きな溜息を吐いた。

世界中央、《核領域》のど真ん中である。

核領域というのは、六つの魔核の影響範囲がちょうど重なる特殊地域のことだ。ゆえに国同士の戦争はもっぱらこの地で行われる。

そして、今日も核領域の大地は流血で潤う。

東軍、獣人ばかりの屈強な戦士たち。ラペリコ王国軍。

西軍、吸血鬼だけを揃えた少数精鋭。ムルナイト帝国軍――私の率いる第七部隊。

部下たちと顔を合わせた翌日のことである。今日こそは一日中部屋にひきこもって思索に耽ろうかと思っていたのに、突然現れた変態メイドによって戦場まで拉致されてしまった。なんでも前任の七紅天が戦争を予定していたらしく、私がそれを引き継いで出陣しなければならないというのだ。くたばれ前任者。いや、一度くたばったのか……。

「――急報！　ベリウス中尉が敵将を討ち取りました！　繰り返します！　ベリウス中尉が敵将を討ち取りました！　我が軍の勝利です！」

伝令役の部下が大声を張り上げた瞬間、私は腰が抜けるような思いになった。

ああ……心底よかった。私が鳴り物入りで打って出る必要性は消え失せたらしい。

「は、ははは。よくやったなあ、ベリウス。あとでご褒美をあげようかな」

そのベリウスっていうのがどんなやつなのか覚えてないけど。

「ちっ、閣下の出番が……！」

「空気読めよベリウス」

「は？　ご褒美？　あいつ死ぬべきなんじゃないか？」

「よし、やつの靴に画鋲を仕掛けてやろう」

ねえ、なんでそんな怖いこと言うの？　お前ら仲間だよね？

「おめでとうございます、閣下。初陣はめでたく我々の勝利となりました」

部下のノリについていけず困惑していると、カオステルが深々と頭を下げてきた。第七部隊の実質的なまとめ役はこの枯れ木男が担っているようである。

「と、当然だ！　私が指揮する部隊だからな！」

「さすがです閣下。閣下の実力を拝することができなかったのは残念ですが、それはまた次の機会の楽しみとして取っておきましょう」

「いや、期待するなよ。照れるよ」

「いえ、期待させていただきます。この勝利に乗じてどんどん戦争を起こしましょう。次の狙い目はゲラ＝アルカ共和国あたりですかね」

もういいよ。私は満足だよ。あと三カ月はひきこもりたいよ。そう口に出してやりたいのだが、出そうものなら疑いの目を向けられてそのうち死ぬ。傍に控えていたメイドが耳打ちをしてきた。

「……コマリ様。ここは素直に頷いておくのがいいでしょう」

「ぬぅ……」

頭を抱えてしまった。ここには私の本心を慮ってくれるやつなんて誰もいないのだ。それがちょっと寂しい。というかつらい。

「さあ、閣下！　すぐに七紅府に帰還して次の戦争計画を立てましょう。うかうかしている場合ではありません。閣下はいずれ世界征服を成し遂げるお方なのですから！」

いつ私が世界征服するって言ったよ。

内心でそんな突っ込みを入れながらも、しかし私は逃げ場がないことを悟っていた。

「そ、そうだな！　よしっ、みんなよくやってくれた！　言っておくが、休んでる暇なんかないぞ！　私の部下になったからには、流血なき瞬間はない享楽の毎日が約束されているのだ！　さあ、ムルナイト宮殿に凱旋だ！　もたもたしてるやつは一秒で畑の肥料にしてやるから覚悟しろ！」

言い終えるやいなや、

うおおおおおおおおおおおおおおおおおぉぉ――――

と、再び鼓膜が破れそうになるほどの歓声が巻き起こった。

死にたくなった。こいつらノリよすぎだろ。

「あの！　ちょっとよろしいですか⁉」

首でも吊ろうかと本気で考えていると、いきなり高い声が聞こえた。あまりにも場に似つかわしくなかったので私は驚いて振り返る。

ペンと紙とカメラを携えた小柄な女の子が、こぼれるような笑みを浮かべてこっちを見ていた。雪のように真っ白な肌から察するに、たぶん白極連邦の蒼玉種だと思う。

「私、六国新聞のメルカ・ティアーノと申します！　失礼ながら、あなたはムルナイト帝国軍の新七紅天、テラコマリ・ガンデスブラッド様で間違いありませんよね⁉　取材をさせていただいてもよろしいですか⁉」

近い。顔が近いよ。うわ、睫毛ながー――いやいや、そんなことはどうでもいい！

なんだこの人。正直言って、こういうグイグイくるタイプはちょっと苦手だぞ……。

困り果てた私は、ちらりと背後に視線を向ける。

ヴィルは無言でこっちを見ている。カオステルはニヤニヤしながら頷いている。

これはあれか？　取材を受けろってことなのか？　ええい、しょうがない！

「わ、わかった。何でも聞きたまえ。それと、とりあえず離れてくれないか」

「ありがとうございます！」ずいっ
おおおおい！　だからくっつくなよ！　いま確実に鼻と鼻がぶつかったって！

「実は、テラコマリ様がどんな人物なのか全然わからなくて困っていたんですよ。ええ、ですから質問させていただきます。ズバリ、どういった経緯で七紅天になられたのでしょうか⁉　ご出身があのガンデスブラッド家ということですが本当ですか⁉　皇帝陛下とのご関係は⁉　好きな食べ物は⁉　好きな動物は⁉　これまでどこで何をなさっていたんですか⁉　百人の吸血鬼を小指で殺したって本当ですか⁉　これからどんな戦争を繰り広げたいとお思いですか⁉　恋人とかっています？　初めてのキスは――」

――め、めんどくせえええええええええ！

「いいから離れろっ！」

「きゃっ」

私は反射的に記者を突き飛ばすと、心に勇気の炎を灯して言ってやった。

「強者は言葉で語らないのだ！　だがそれではお前が困るだろう。記事とか色々書きたいだろうしな！　だからちょっとだけ語ってやる。私がこれからすることはな、単純極まりない覇業だ！　すなわち――テラコマリ・ガンデスブラッドは、他五カ国の大将軍を武力で全員ブチ殺し、ムルナイトの国威を全世界に喧伝してやるのだ！　わかったか！　ちなみに好きな食べ物はオムライス！　以上！」

言い終えると同時、私は肩で息をするほどの疲労を感じた。

それはそうだ。昨日から色々なことがありすぎた。変態メイドによって部屋の外に連れ出され、怖い部下たちから神のように崇め奉られ、挙句の果てには戦争の指揮までやらされた。こんなの、私のような劣等吸血鬼の手に負える案件ではない。

だけど――なぜか、周りの人たちはそうは思っていないらしい。

「す、すごい……」

記者の女の子は尻餅をついたままあんぐり口を開けていた。何がすごいのかまったく理解できない。さっきのセリフにしたって適当に思いついたことを喋っただけなのに。

ことの次第を見守っていた部下たちも目をキラキラさせて呟き始めた。

「ああ、これこそ七紅天だ」「まさに最強の吸血鬼」「これほど戦意に満ち溢れた将軍がいたであろうか」「これは歴史に残るぞ」「間違いない」「伝説が始まる」「閣下と同じ時代に生まれてよかった」「神に感謝」

意味がわからねえよ。

……だが、過剰評価してくれるぶんには、まだマシなのかもしれない。だって、私が弱いことがバレたら、確実に殺されてしまうのだから。

いや、でも――殺される前に、ストレスで死ぬんじゃないかなぁ。

そんなふうに将来を悲観しつつ、私は今日何度目とも知れぬ溜息を吐くのであった。

2　コマリ隊の愉快な仲間たち

Hikikomari the Vampire Countess no Monmon

翌日。自室。ベッドの上。

悪夢で目が覚めた。

それはもう、死ぬほど恐ろしい夢だった。

私の真の実力（げきよわ）がみんなにバレて逆さ吊りにされるのだ。それまで私を慕ってくれていた部下たちは親の仇でも見るような目で私を睥睨し、嫌だ嫌だと泣き叫ぶ私を無視して煮えたぎった鍋の中に落としてしまう。十分ほどじっくりこってり調理された私はからあげ定食のからあげとして食卓にあがることになる。しかも「美味しそうですね」などと舌なめずりをしている少女はどう見てもヴィルに違いなく、やっぱり私の命令なんぞ一ミリも聞いてくれない変態メイドは満面の笑みを浮かべて私を胃袋の中へ――

「おはようございます、コマリ様」

「うひぇあっ⁉」

死ぬかと思って振り返った瞬間、本当にショックで死にそうになった。

変態メイドが私の布団に潜り込んでいたのだ。

即座に逃げようとする私だったが、突然お腹(なか)に抱きつかれて動きを封じられてしまう。

「お、お前、なんでここにいるんだよ！」

「覚えていらっしゃらないのですか？　私は他ならぬユマリ様に誘われて床を共にしたのです。ああ、昨夜の激しい営みを思い出しただけでも身体に火照りが」

「そんなお誘いをした覚えはないッ！」

「ああんっ」

変態メイドを突き飛ばして壁際まで後退した私はまるで天敵と遭遇した猫みたいに獰猛(どうもう)な威嚇(いかく)をってこいつ全裸じゃねえか！　弁解の余地もないド変態だよ！

「お前……私に何をした……？」

ヴィルは妖艶(ようえん)な微笑みを浮かべて言った。

「ごちそうさまでした。とっても美味しかったです」

寒気を感じた。からあげにされて食われたほうがマシだった。

「あら？　お寒いようでしたら私が温めてさしあげますよ」

「い、いらん！　お前こそさっさと服を着ろ！　風邪ひくぞ！」

「……百合はお嫌いですか？」

「百合？　別に嫌いじゃないけど、なんで今その話を……」

「そうですか。よかったです」

ヴィルは何故か嬉しそうに微笑んだ。なんだか両者の間に絶望的なすれ違いが生じているような気がしたが、それ以上考えるのは億劫だった。たぶん気のせいだろう。

ヴィルはベッドの上に直立すると、くるりと一回転をした。それだけで全裸状態からメイド姿に早変わり。まるで手品のようだった。

「……で、お前は何しに来たんだよ」

私が問いかけると、ヴィルはぴょんとベッドから飛び降りて、

「コマリ様と愛の契りを交わしに……」

「それはもういいよっ！」

「コマリ様とセックスをしに……」

「言い方の問題じゃねえよ！」

朝っぱらからなんつーことを言い出すのだ。ツッコミを入れるのも疲れるんだよ。

まあそれは措いといて。

「答えろ。どうしてお前はここにいるんだ？」

「理由は二つあります」

ヴィルは二本の指を立てて言った。

「一つ目の理由は、そもそも私がコマリ様の専属メイドだからです。朝昼晩いついかなるときでもコマリ様のおそばに侍る義務があります」

「侍んなくていいってのに」

「もう一つの理由は、コマリ様にどうしてもお知らせしたいことがあったからです。今朝の新聞が非常に面白い内容でしたので、いてもたってもいられなくなって扉を破壊して侵入いたしました」

「破壊したの、扉⁉」

見れば、べこんべこんになって床に転がっている扉の残骸が目に入った。これが犯罪でなくて何だというのか。もはやこいつを変態メイドと呼ぶのは相応しくない。変態犯罪メイドに格上げだ。

「コマリ様、扉よりも新聞をご覧ください。ほら、昨日の写真が載っていますよ」

「何言ってんだよ！　今は新聞どころじゃ――ん？」

ヴィルが差し出してきた紙の束に目を落とした瞬間、扉のことなど頭の外へ吹っ飛んでしまった。ありえない。信じたくない。一面のトップを飾っているのが、毎朝鏡で目にする一億年に一度の美少女だなんて。それにこの記事どう見ても――

『新七紅天誕生「全世界をオムライスにしてやる」

ムルナイト帝国新七紅天テラコマリ・ガンデスブラッド大将軍は8日、隣国ラペリコ王国との戦争に見事勝利した。大将軍は2日に殺害されたオーガス・スッパイヤー前大将軍の後任と

プププー
ブッブッ
全世界を
オヒライスに
してやる!!

して7日に就任し……（中略）……敗軍の将となったラペリコ軍総大将ハデス・モルキッキ中将は「絶対に許さない。いずれ徹底的に凌辱してやる」と述べ、報復戦争を行う意向を明らかにした。対する大将軍は「私はオムライスが大好きだ。他五カ国の将軍も全員殺戮し、無造作にケチャップをぶちまけられて中身をほじくり出されたオムライスみたいにしてやる」と述べ、凶悪な殺意を表明した。……（後略）』

どう見ても虚偽報道じゃねえかあああああぁぁぁぁ――――ッ!?

そんな解釈する、普通!? 私が最後にオムライスが好きって付け加えたのは、あと一つくらい質問に答えてあげてもいいかなっていうサービス精神の表れであって、隠された残酷なメッセージとか全然ないっちゅうのに！ 深読みしすぎだよあの人！

「コマリ様って写真写りいいですよね。ものすごく悪の帝王っぽいです」

「むしろ最悪だろそれ！ 完全に他国煽ってるよね!?」

「そうですね。現時点では隣国のチンパンジーが問題かと。なにせ全国紙で堂々と犯罪予告をしていますので」

「いぃぃやああああああああぁぁぁ！」

私は頭を掻きむしってベッドに倒れ込んだ。なんだこれ。せっかくあと三カ月はひきこもれると思ってたのに、これでは頭に血をのぼらせた他国が宣戦布告してくるに決まっているではないか！　マスコミは本当にろくなことをしないな、くそめ！

「ご安心ください。コマリ様の貞操は私が守ります」

「お前がいちばん安心できないよっ！」

ミジンコほどの遠慮もなく添い寝をしてくるヴィルをベッドから転げ落とすと、私は毛布にくるまって現実逃避を始めた。戦争なんかやってられるか。私は決めた、もう決めた、誰がなんと言おうと私はひきこもると決めた！

「コマリ様、本日のご予定ですが」

「あーあー聞こえませーん、今日はお休みなのですー」

「戦争がないからといって休みになるわけではありません。七紅天は毎日欠かさず出勤する義務があるのです」

「仮病を使う。みんなにはよろしく言っといてくれ」

「学校じゃないんですから。――いつまでも布団に包まっているおつもりでしたら、こっちにも考えがありますよ？」

「……ふん、言っとくけど暴力的に連れ出すのはナシだからな。そこから一歩でも近寄ってきたら即刻防犯ブザーを鳴らして泣き喚くぞ」

「『いちごミルクの方程式』」

「………………、」

私はぴたりと動きを止めた。

おい、それって――

「『いちごミルクのような恋をしてみたいと思った。』」

「…………、」

「『甘くてまろやかで、ぴりりと舌をいじめる刺激は少しもなくて、どこまでも温かく、穏やかな、陽だまりのような恋のことだ。』」

「…………や、」

「『物語の読みすぎだって笑われるかもしれない。そんな恋なんてあるわけないって言われるかもしれない。私も最初はそう思ってた。だけど――あの人に出会ってから、私の世界は本当に、いちごミルクみたいなピンク色に染め上げられてしまったんだ。』」

「やめろおおおおおおおおおおおおおおおおおおおおおおおおおっ⁉」

腹の底から魂の咆哮が出た。

無意識のうちにベッドから大跳躍して変態メイドに飛びかかる。しかし圧倒的な腕力を誇るメイドに対して何ができるわけでもなく、気づいたときにはガッチリとホールドされて身動きを封じられていた。

吐息がかかるほどの距離に、邪悪な笑顔があった。

「面白かったですよ、コマリ様の力作」

「あ、あ、あああっ、――」

顔がマグマのように熱くなってくる。

私は何度か口をぱくぱくさせてから、ようやく言葉を絞り出した。

「どこで、それを」

「この部屋のゴミ箱を漁(あさ)っていたら見つけました」

「…………」

「もしかしてボツですか？　一応コピーして保管しておきましたけど」

「…………」

「それにしても恋愛小説とはびっくりですね。経験がおありなのですか？」

「…………」

「ところで、このままおサボりになられるようでしたらこの小説を宮廷にばらまきますけどよろしいですか？　もちろん作者名つきで」

「…………」

「あれ？　コマリ様、聞いてます？　コマリ様――」

私はヴィルの胸倉(むなぐら)をつかんだ。というか縋(すが)りついていた。

そうして、力いっぱい歯軋(はぎし)りしながら懇願する。

「……何でも、言うごど聞ぐがら。お願いだがら。誰にも、言わない、で」

ぶぱっ

何故かメイドの鼻から血が噴き出した。

☆

さて、シンキングタイムといこうじゃないか。目下最大の危難はあの変態メイドに弱味を握られてしまったことである。このままでは上下関係が完全に固定されてしまって大変なことになる。小説の件を出されてしまえば、やつがどんなに変態的な行為を仕掛けてきても反抗することができないのだ。これは非常にまずい。対策を考えよう。

対策①：やつが持っている小説のコピーを焚書する——　却下。無駄な記憶力を誇る変態メイドは内容を完璧に覚えているので、原稿用紙を燃やしても意味がない。

対策②：変態メイドの記憶を抹消する——　却下。記憶消去の魔法は使えないし、物理的に殴って記憶を消すのはちょっと可哀想だ。つーか私にそんな腕力はない。

対策③：逆にやつの弱味を握る——　採用。現時点ではこれしか考えられない。私の小説に匹敵する、あるいはそれ以上の一大スクープがあれば立場が逆転するだろう。たとえばそう——あの年になっても未だにおねしょするとか。よし。というわけでこれからは四六時中ヴィルのことを観察して過ごそう。できれば寝るときも一緒のほうが好ましい。じーっ。

「こ、コマリ様ぁ……そんなに見つめられると恥ずかしいですぅっ……」

「気色悪い声を出すなっ！」

だめだ、こいつのほうが一枚上手だった。

まあ変態メイドの弱味を暴くことも火急の要件であることは確かだが、とりあえずは差し迫った問題について検討しようではないか。

つまり、仕事についてである。

現在、私は七紅府の執務室にいる。

ムルナイト帝国に七人いる七紅天には、それぞれ専用の部屋が与えられている。私の執務室はバカでかい七紅府の中でも最上階に位置する一等室であり、ちょっと窓を覗けば広大な帝都の街並みを見渡すことができるのだ――が、そんなもんを見て喜んでいる余裕はなかった。非常に遺憾であるが、私は労働しなければならないのである。

「――で、何をすればいいんだ？」

「はい。コマリ様には、これから部下とミーティングをして頂きます」

思わず眉をひそめてしまう。顔合わせならこの前したはずだろ？　――そんな私の内心を正確に読み取ったらしい、ヴィルはゆっくり首を振って言うのだった。

「今回の目的は尉官以上の幹部クラスと親睦を深めることです。彼らはいずれコマリ様の右腕となるチンピラどもですから、早いうちに会議を開いておいて損はないでしょう」

「ねえ、いまチンピラって言った？　キンピラの間違いじゃなくて？」

「チンピラです。ふとした拍子に下剋上したくなる正真正銘のチンピラです」

「そうかそうか。ちょっとトイレに行ってくる」

がしっと肩をつかまれた。

「はーなーせーっ！　私はまだ死にたくないっ！」

「『いちごミルク』」

座った。

ヴィルは事務的な感じで今日の予定を説明していった。

「尉官以上の隊員は私を除いて四名です。しかし一人は死んでいるので出席できません」

「みんな死ねばいいのに」

「というわけで本日のコマリ様のお仕事は、三人の幹部と話し合い、今後の方針を決めることです。簡単でしょう？」

「どこが簡単なんだよ……」

私は顔をしかめた。そりゃあそうである、下手(へた)すりゃ死ぬのだ。

というかミーティングって何を話せばいいんだ？　今後の方針とか言われてもピンとこないし、そもそも私には軍事に関する知識（戦略を除く）が全然ないから確実に黙るぞ。いや知識があっても黙るだろうけど。

「大丈夫ですよ。コマリ様は椅子に座って『うむ』とか『なるほど』とか『一理ある』とか適当に頷いておけばいいんです。それだけで部下は崇め奉ってくれるでしょう」

「さすがに無理がないか？　私が無知だってバレたら下剋上が起きるかも……」

「そんなに不安なら——そうですね、彼らをとにかく褒めてあげてください。上手くいけば部下たちの心を掴むことができるかもしれません」

「どんなふうに褒めたら喜んでくれるかな？」

「私でしたらご褒美のハグだけで絶頂しますね」

「お前のことは聞いてねえよ」

無難に「いつも頑張ってて偉いね～」みたいな感じでいこう。常識的に考えたら上司に労われて喜ばない部下などいない。やつらに常識が通用するのか甚だ疑問だが。

「さて、本日の面談相手ですが」

ヴィルがファイルから三枚の紙を取り出して机に並べていった。どうやら履歴書のようである。

「まずは彼らの情報を確認しておいてください。そのほうが会話が弾みますので」

「なるほどねえ……うわ、見てよヴィル。この人、犬だよ」

履歴書の中に犬の顔写真が貼られているものがあった。これでは完全に犬なので少し笑ってしまった。そういえば、この人（？）は昨日の戦争でチンパンジーにとどめを刺してくれたんだっけ。おかげさまで私が戦う必要もなくなったわけだし、言ってしまえば命の恩人だな。よしよし、お褒めポイントめっけ。

「ベリウス・イッヌ・ケルベロ中尉ですね。以前は第六部隊に所属していましたが、殺人の罪を犯してうちに左遷されてきました」

「大丈夫なのかよこいつ⁉」

私はずっこけた。とんでもねえ狂犬である。

いやちょっと待てよ。そういえば私が率いる第七部隊って、他の隊で問題を起こした連中が集まってくるアウトロー集団だって聞いたことがあるぞ。ということは——

「こ、この人は……」

「カオステル・コント中尉ですね。幼女誘拐の疑いで左遷されてきました」

「ガチの犯罪者じゃねえか⁉」

「そしてこっちがメラコンシー大尉。宮殿爆破（ばくは）未遂で左遷されてきました」

「なんでテロリストが野放しなの⁉」

頭がくらくらしてきた。

今更だが、とんでもないところに就職してしまったのでは……？

顔を青くして椅子（めちゃくちゃふかふかで豪華なやつ）に座り込んだ私の頭に、ぽんと手が置かれた。なぜかヴィルにナデナデされていた。

「ご心配なさらずとも、もしコマリ様を害するような輩(やから)がいたら、私がすぐさま消し炭にしてやりましょう」

「ヴィル、お前……」

「さあ、それではさっそくミーティングの準備を始めます。心配いりませんよ、私がついていますから」

ヴィルはにこりと笑ってそう言った。私は感激した。こいつはどうしようもない変態だけれど、私のサポーターとしての仕事はきちんとこなしてくれるのだ。

お礼の一つくらいは言ってやるとするか。

「あ、ありがとう、ヴィ……」

「――ふあああっ！　いいにおいっ、いいにおいっ！　いいにおいですコマリ様の髪！　やっぱり嗅(か)ぐなら枕(まくら)じゃなくて実物です！　ああもう、このいちごミルクみたいな甘い香りに抱かれて昇天したい――すーはーすーはー」

「今世紀で一番ひいた!!」

いつの間にか私の頭を撫(な)でる手が鼻に変わっていた。

やっぱり礼など言うもんか。

☆

十分後、ヴィルによって招集された第七部隊の幹部三名が私の執務室に到着した。やつらが入ってきた途端、がらりと部屋の空気が変わったのは言うまでもない。肉食獣の檻にでも放り込まれた気分である。こいつらマジで怖い。トイレ行っとけばよかった。

目の前に並んでいる三人の様子をこっそりとうかがう。

右。カオステル・コント。枯れ木みたいな背格好をした、笑えないタイプの変態。

真ん中。ベリウス・イッヌ・ケルベロ。犬の頭と筋骨隆々の肉体を持つ殺人鬼。

左。メラコンシー。チャラッチャラのラッパーみたいなテロリスト。

……こりゃあ死ぬかもわからんね。

「ご機嫌麗しゅう閣下。本日はどのようなご用件でしょうか」

カオステルがニコニコ笑みを浮かべながら言った。やばいこいつ、幼女をかどわかす犯罪者のツラをしてやがる。私は幼女ではないので大丈夫だが、注意しておくに越したことはないだろう。緊張を悟られないように気をつけながら「うむ」と頷いて、

「とりあえず座ってくれたまえ」

「…………」

「どうした？　楽にしてくれて構わないぞ」

しかし部下たちは動かない。

不審に思っていると、ベリウスが「閣下……」と言いにくそうに口を開いた。

「椅子がないのですが」

準備すんの忘れてたああああああああああああああああ!?

これじゃあ私の印象最悪じゃねえか!?　部下を直接床に座らせておいて自分は高級な椅子にふんぞり返る?　今日びそんな横柄なやつ見ないよっ！　人権問題だよっ！

「何を言うのですかベリウス！　閣下が座れと仰ったのですから黙って座るのが我々隊員の仕事でしょうに！　たとえ椅子がなくとも座布団がなくともそこが火の海だったとしても針の山だったとしても閣下の膝の上だったとしても！」

「イエーッ！　犬は犬らしくお座りヨロシク、なのにベリウス厚かましく座布団敷く」

「誰が犬だッ！」

ボゴォ、とメラコンシーの顔面に拳が突き刺さった。突き刺したベリウスは恐縮したような態度で私に頭を下げてくる。

「失礼致しましたッ！　座らせて頂きますッ！」

三人がその場に正座した。

いやいや。

いやいやいやいや！

今のやり取りだけでツッコミどころが五、六個あったぞ!?　もう椅子の準備を忘れたのがどうでもよくなるほど不安なんだけど――　いやしかし、こんなところで挫けていては七紅天など務まらない。私は気を取り直して声を張り上げた。

「さ、さて！　本日はお忙しい中よく集まってくれた。突然だが、これから第一回の幹部会議を開催しようと思う。今後第七部隊を運営していくにあたって、まずはしっかりした方針を定めておく必要があるからな」

「幹部会議！　なんとも素敵な響きですねえ」

カオステルが興奮したように言った。ベリウスもメラコンシーもまんざらではない様子である。よし、今のところは好印象だ。

「というわけで、さっそくだが質問しよう。――諸君は今後どうしていきたい？」

「絶え間ない戦争」とベリウス。

「閣下のご活躍が見たいです」とカオステル。

「閣下とラップバトル！　イエーッ！」とメラコンシー。

最後の一人は謎だが、だいたい理解できた。

ようするに、第七部隊の連中はどいつもこいつも脳筋バーサーカーなのである。

「な、なるほどな。とにかく戦争をしたいと」

「その通りです」

カオステルが肩を竦めて言った。

「閣下もご存知でしょう？　我々コマリ隊の大多数は、他部隊で何か問題を起こして左遷されてきた過激派なのです。そしてその起こした問題というのが、おおむね戦争に対する飽くなき欲求に端を発したもの——つまり、台風の影響で戦争が中止になった時にむしゃくしゃして町で大暴れしたとか、戦争をドタキャンした敵方将軍を無断で暗殺しに行ったりとか、そういうものなのです」

お前は幼女誘拐だけどな。

というツッコミはさておき、カオステルの話が本当だとするならば第七部隊は軍というよりもたがの外れた犯罪集団である。暗殺しに行くってなんだよ。国際条約違反じゃねえか。

「……だいたいわかったよ。お前たちは戦いたくて戦いたくて仕方がないんだな？」

「はい」

「うんうん、そうだよなあ。その気持ちはよくわかるぞ。なんたって私も軍人だ。ふとした拍子に血沸き肉躍って誰かと戦いたくなるんだ」

もちろん嘘である。が、

「では閣下、明日辺りに私と手合わせ願えませんか」

犬が期待のこもった目でこっちを見ていた。

私は一瞬フリーズしてから、

「——ひゃ、百億万年早いっ！　私と戦いたかったら他国の将軍全員を殺してからにしろ！

その後で気が向いたら相手してやる！」

「そうですか……」

しゅんと犬耳が垂れ下がった。ちょっと可愛い――じゃない目を覚ませ私！　こいつは食う寝る遊ぶより殺すを重視する狂犬なんだぞ！

「イエーッ！　ふられた狂犬ふらふら座る。社会の厳しさ教わりお座りブベッ」

ラップ野郎が顔面を殴られて吹っ飛んだ。こいつらの関係性がよくわからない。

私は気を取り直して口を開いた。

「と、とにかくだ！　こんなミーティングを開催せずとも諸君の意見は固まっていたようだな。よろしい、ならば戦争だ。諸君の望むだけ戦争してやろうじゃないか」

ただし、と私は付け加える。

「私はつまらん戦いはしない主義だ。数をこなすのもいいが、やはり戦争においては質が重要となる。よって私を満足させるような戦いが起きない限り、私が実際に戦闘に参加することはない。本陣で指示を出すだけだ」

「そ、そんな。閣下……！」

「悪く思うなよカオステル。下らない戦いはしない――これが私の流儀なのだ。戦争はいくらでも開いてやるが、基本的に諸君だけで頑張りたまえ」

「……わかり、ました」

カオステルは何か言いたげであったが、他の二人は特に異論はないようである。よしよし、上手く誘導できたぞ。こいつらは基本的に自分が戦えればそれでいいっぽいからな。

不意にヴィルが前に出て口を開いた。

「それでは、今後の予定に関しましては私ヴィルヘイズが調整させて頂きます。何か意見がある場合は可能な限り対処致しますので仰ってください。どうぞ宜しくお願いいたします」

スカートの端を摘んで優雅に一礼する。私は少し見直してしまった。下ネタの権化のようなやつかと思っていたが、本気を出せばマトモな振る舞いもできるらしい。

それはそうと、これでミーティングは終わりか……意外とあっさりだったな。身構えていたのが馬鹿みたいだ。よーし、さっさと帰って小説の続きでも書こうかな。

「――さて、続いてテラコマリ閣下によるご褒美タイムに移ります。閣下は先のラペリコ王国戦におけるあなた方の活躍をたいへん評価しており、その働きに報いることをご決意なさりました。軍事・戦闘に関すること以外なら何でも一つだけ言うことをきいてくださるそうですので、遠慮せず己の内に秘めたる欲望を吐き出してください」

「おいおいおいおいおいおい!?」

私はヴィルを部屋の隅まで引っ張っていくと、血眼になって彼女につめ寄った。

「ご褒美タイムってなんだよ！　もう帰れるんじゃないの!?」

「さっき話したじゃないですか。褒めておけば下剋上の可能性が低くなると」

「いやそうだけどさ……そうなんだけどさ……」

「大丈夫です。コマリ様はあのチンピラどもの上司――しかも七紅天なのですよ？　彼らだって無茶なお願いはできないでしょう。仮に『においを嗅がせてください』とか『胸を揉ませてください』とか言ってくるやつがいたら死刑にしてしまえばいいんです」

「お前を死刑にしていいの？」

「私の場合は合意の上ですので」

「合意した覚えは一ミリもねーよ！　だいたいお前は――」

「閣下！」

呼ばれて振り返る。カオステルが満面の笑みを浮かべてこっちを見ている。

「ど、どうしたカオステル」

「いやあ、閣下も太っ腹ですねえ。なんでも言うことを聞いてくださるなんて」

そんなことを言ったつもりはない。しかし今更取り消すこともできない。

「……うむ。あれだ、論功行賞はしっかりやっていくべきだからな」

「素晴らしい！　これほど部下を思いやる七紅天がかつて存在したでしょうか！　まさに閣下は閣下の中の閣下、閣下・オブ・閣下でございます！」

こいつは何を言っとるんだ？

「それではさっそく私の願いを叶えて頂きたいのですが」

そんな感じでニヤニヤしながらカオステルは魔力を練り始めた。殺されるのかと思って身を固くしてしまったが、彼が発動したのは上級魔法【魔界の扉】である。これは空間魔法の一種で、虚空(こくう)に物体を収納しておくことができる便利な魔法だ。ちなみに宮廷お抱えの魔法使いでも使えるやつは二、三人。この枯れ木男、ただの変質者じゃない。

ゴクリと喉(のど)を鳴らして硬直していると、カオステルが空間から何かを取り出した。

それは――カメラ?

「では撮影させて頂きます。はい閣下、笑ってください」

「え、なんで……?」

パシャリ。いきなり撮られた。……おい、肖像権って知ってるか?

「うーん、真面目(まじめ)な表情もいいですねえ。しかしここは笑顔が欲しいところです。閣下、失礼を承知で申し上げますがもう少し柔らかい雰囲気で」

「おいちょっと待て、どうして写真を撮ってるんだ?」

「どうしてって。これが私のお願いだからですよ」

「…………」

「いえいえ、別に写真を悪用しようとかそういうわけではありませんよ? 昨今、ムルナイト帝国軍への入隊者は減少の一途をたどっておりましてね。そこで色々考えた結果、閣下の存在こそが人を集める良い材料になるという結論に至ったのです。写真を撮ってグッズを、たとえばカレンダーとかポスターを作って売ることによって、軍にはこんなにも可憐な――じゃなくて立派な将軍様もいるんですよとアピールすることでロリコ――じゃなくて勇気ある若者を集めようというわけです。それだけではありません。市井にグッズが溢れれば隊の知名度も上がりますし、その儲けを軍事費に回すこともできます。ええ、ですからこれは決して個人で消費するために撮っているわけではないんです。いや本当に」

言い訳っぽいことをまくし立てている間にも、カオステルは休む暇なくシャッターを切っている。パシャッ。パシャッ。パシャッ。

「お願いは一つのはずだぞ？　何回も撮るのはちょっと……」

「いいえ。『閣下の撮影会』というお願いで一セットです」

んな屁理屈を――おいヴィル、こいつ死刑にしちゃっていいかな？

「どうせならもっと服装のバリエーションを増やしましょう。ちょうどここにメイド服やらスク水やら園児服やらがありますので」

「はい死刑ーッ！　お前も死刑ーッ！」

裏切られたのを知った瞬間、私は脱兎の如く逃げ出そうとしてメイドに腕をつかまれて抱き寄せられて顎に手を添えられて耳元で「いちごミルク」と囁かれて絶頂した。間違えた。怒りが絶頂に達した。はやくこいつの弱味を握らないと死ぬ。冗談抜きで死ぬ。

「ふざけるな、こんなこと許さないぞっ！」

「ですがコマリ様、素直に言うことを聞いておかないと部下に失望されますよ。失望されて下剋上が発生しますよ。それでもいいんですか？」

「ぐ、ぬ、ぬ」

「よくないですよね。よくないですからさっそく着替えましょう。ここに色々な色っぽい服がありますので全部着ましょうそうしましょう」

「この変態メイドめ――――ッ!!」

私はなすすべもなくメイドに引っ張られていった。

☆

それからしばらく地獄のファッションショーが開催された。

「着るならもうちょっと普通のやつを……」

という私の至極真っ当な要望など通るはずもなく、無駄にフリルのついた服とか無駄に露出度の高い服とか着せられた挙句パシャパシャ撮影され、ようやっと解放された頃には真っ赤な西日が執務室を満たしているのであった。

もうお嫁に行けない。さっさと家に帰って引きこもろう。

ところが、ぬるりと私の行く手を阻む男がひとり。

「イエーッ！　ラップバトル！」

「……へ？」

「ラップバトル！」

私は絶望した。

そういえば、私には三人ぶんの要望を叶える義務があるのだった。にしてもラップバトルだと？　バカじゃねえのか？　え、ヴィル、なんだって？　こいつは幹部の中でもいちばんヤバイやつだから付き合っておいたほうが無難だって？　ああくそ、やってやろうじゃねえかテロリストめ！

――たぶん、この時の私はテンションがおかしくなっていたのだと思う。

「イエーッ！　閣下のご趣味は殺人ですか。真っ赤なお花を咲かすんですか。オレのご趣味はご覧の通り、いつでもどこでもノリノリのオレ。血祭ラッパーメラコンシー、オレが歌えばみな苦しい。ノッてくれたのアンタだけ、オレとアンタで死人だらけ？」

「YO！　YO！　意味わからんけどテラ物騒！　これが終わったらマジ死にそう！　私は最強コマリン将軍、暗黒の帝国に降臨明君！　どんな敵でも命乞い。どんなやつでもついてこい！　お前は誰を慕うのか？　私は誰をも愛すのだ！　いえーっ！」

そんな感じで一時間ほどラップをした。

終わる頃にはすっかり夜である。全身くたくただったが、メラコンシーが瑞々（みずみず）しい笑顔になっていたのでまあよしとしよう。ちなみにラップバトル終了直後にベリウスと目が合ってぎょっとした。すわまた変なことをやらされるのかと思ったが、意外にも彼は「要望は保留ということで」と言ってくれた。なんだかんだであの犬がもっともマトモだ。

というわけで、第一回の幹部会議はめでたく終了したわけだが——

いったい何だったんだ、この会議は。

なんで撮影会だのラップバトルだのやってんだ？　宴会の間違いじゃないのか？

しかしヴィル曰く、

「今日の会議は大成功です。部下たちの要望を的確に実現し、彼らの支持を得ることに成功しました。この成果はそのうち目に見える形となって表れるでしょう」

とのこと。

よくわからんが、早く帰って寝たい。私はもう疲れたよ。

2.5 夜暗の狐面

「――わからんな」

幹部会後終了後。

七紅府の廊下を歩きながら、ベリウス・イッヌ・ケルベロはぽつりと呟いた。

時刻は夜八時を回っている。日はすっかり地平線に沈んでしまい、窓をのぞけば濃紺の闇に包まれたムルナイト宮殿を仰ぐことができた。まさに夜の帝国の真骨頂。

「――わからない？　閣下のスリーサイズがですか？」

「お前は何を言ってるんだ」

傍らを歩くカオステルが頓珍漢なことをほざく。こいつは戦闘の才覚はあるくせに変なところでネジが飛んでいるのだった。

「では何の話です」

「テラコマリ閣下のことだ。あの方にカリスマ性があるのは確かだが――底が知れなさすぎる。たとえばお前のことは一目で変質者だとわかるのだが」

「閣下のことはわからないと」

「ああ。言葉の端々から年齢通りの幼い空気がにじみ出ているが、全体としてまとう雰囲気が異様なのだ。一言で言い表せない。なんというか……相対しているだけで毛が逆立つような。圧倒的な強者を前にしているような気分になる」

「ふむ――そういえば、閣下は魔力をまったく表に出していませんね。まるで少しも持っていないかのようです。それが逆に不気味といえば不気味ですが」

　カオステルは不気味に口端を吊り上げながらカメラを撫でている。こいつは早く逮捕されたほうが世のため人のためである。

「しかし、だから何だというのです？　閣下は閣下。それ以上でも以下でもない。あの方が我々に戦争の悦楽を教えてくださるのならば文句はないでしょうに」

「それはそうなのだが……」

　相手の正体がわからなければ信用できない――そういう人並みの感情はベリウスにもあった。いや、勘が鋭いベリウスだからこそそう思うのだろう。これがそこらの雑兵だったら――たとえば第七部隊の九割を占めるバカどもだったなら、少しも疑うことなく「閣下サイコー！」と崇めていたはずだ。というか実際に崇めている。

「まあ、あなたの懸念もわからないではありません。――実はですね、一応閣下の出自を調べてみたのですが」

「どうやって」

「役所の記録をこっそり漁りまして」

「……違法だぞ」

「まあまあ、そこは見逃しましょうよ。——とにかく調べてみてわかったんですがね。テラコマリ・ガンデスブラッドという人物は、とんでもないブラックボックスですよ」

「どういうことだ？」

「経歴の一部が不自然なのです。十二歳までは一般的な子女と同じように学校に通い魔法の勉強をなさっていたようなのですが、十二歳からの——つまり三年前からの情報がまったくありません」

「特筆すべきことがなかっただけではないか？」

「最初は私もそう考えたんですがね。どうも事情が違うようでして」

言いながら一枚のペラ紙を手渡してきた。細かい文字がびっしりと書き込まれた羊皮紙である。学のないベリウスが読み解くには時間がかかりそうだ。

「なんだこれは」

「宮廷の機密文書です」

卒倒しそうになった。どうしてそんなもんをこいつが持っているのか。

「それには三年前に起きた事件の詳細が記されているのですが、世間一般に公開されているものではありませんね。政府によって揉み消された裏歴史というやつです」

「……で、これが閣下と何の関係がある」

「その事件の犯人、閣下ですよ」

「は？」

「三年前の帝立学院襲撃事件。学院側の死者三十名、鎮圧に出動した当時の帝国軍第三部隊の死者七十名。すべて小指一本で殺されています」

世事に疎いベリウスでも知っていた。三年前、突如として学院で大殺戮が勃発したのだ。犯人がその学院の生徒だったということも相俟って、当時の新聞や週刊誌ではやたらセンセーショナルに報道されていたような気がする。だが――

「待て。あの事件の首謀者は別の人物だったはずだぞ」

「犯人がすり替えられたのです。本当は〝テラコマリ・ガンデスブラッド〟として報道されるべきところが〝ミリセント・ブルーナイト〟という無関係の人名で報道されています。そのミリセントなる人物が実在するのかどうかは不明ですけれど」

「意味がわからない」

「私もわかりませんよ。――ただ、テラコマリ・ガンデスブラッドという少女は、三年前に史上類を見ないほどの大虐殺を巻き起こしたということです」

背筋がぞくりとする。

それが本当だとするならば――いったいどういうことなんだ？

「あの方がなぜこんな事件を起こしたのかはわかりません。しかしこの事件以後、閣下は学院を中退して姿を消してしまったようです」

「どこへ」

「さあ。政府が揉み消すくらいですから、まさか刑務所や少年院ではないでしょう。どうしても気になるなら、閣下に直接聞いてみてはいかがですか？」

「………」

　ベリウスは答えない。いや、答えられない。

　腕を組んだまま、無言で歩くことしかできない。あの娘はいったい何者なのだろう。今更になって、ベリウスは得体の知れない悪寒を感じて震えた。

「まあ、この機密文書自体がフェイクという可能性も捨てきれませんが――ん」

　カオステルが足を止めた。

　七紅府の門を出てすぐ。すっかり濃紺の帳（とばり）に包まれた庭園は一見いつもと変わらぬように思われるが、噴水の横、まるで幻のように屹立（きつりつ）する人影が一つ。

　背はそれほど高くない。全身を黒いローブで包んでいる。

　そして狐の面をかぶっている。

　どう考えても不審者だった。

　隣のカオステルが腕を組んで解説を始めた。

「ふむふむ、顔は見えませんが十中八九女性ですね。しかし幼女ではない。おそらく年の頃は十五、いや六。七ということはないでしょう。匂(にお)いでわかるんです。花のような香りにかすかな酸っぱさが混じっている」

不審者はもう一人いた。しかしこいつに関しては平常運転なので無視。

ベリウスは威嚇(いかく)の意味を込めて不審者（狐）を睨(にら)む。

「おい、そこの女。宮殿への部外者立ち入りは禁止されている。殺されたくなければ速やかに立ち去れ」

狐面(きつねめん)は十秒ほど沈黙してから口を開いた。

それは、人の神経を逆撫(さかな)でするような甘ったるい声だった。

「――宮殿って意外とガードが固いのね。このまま皇帝の居城にお邪魔して殺してしまおうかと思ったけれど、障壁魔法のせいで入れなかったわ」

場に緊張が走った。そうしてベリウスは無意識のうちに斧の柄に手をかける。

「皇帝を殺す」という台詞(せりふ)自体は宮殿内でもよく耳にする。それはムルナイト帝国が下剋上を是とする風土だからであり、また、皇帝自身も寛大な心と絶対的な自信でもってそれを容認しているからだ。

だが――この狐面が言い放った「殺す」には、得体の知れない邪悪さが感じられた。

理屈ではない、ベリウスの獣としての本能が告げているのだ。

この狐面は危険である、と。

「貴様、皇帝陛下を狙っているのか？」

狐面の奥で笑う気配があった。

「いずれ殺すわ。でも今はその時じゃない」

「ほう。では何をしに来たのです？」

「大したことじゃないわ。ちょっと確認しに来たのよ。──テラコマリ・ガンデスブラッドが七紅天になったって新聞で読んだけれど、あれって本当？」

次の瞬間ベリウスは武器を抜いていた。相手が何者なのかは知らないが殺してから話を聞けばいい──そう結論づけて大地を蹴る。同時にカオステルが空間魔法【次元刃】を発動、空間を切り裂く勢いで魔法の刃が飛んでいく。

「甘い。甘いわそんな魔法」

狐面は飛来する【次元刃】を初級光撃魔法【魔弾】で撃ち落としながら不敵に笑う。その余裕の雰囲気を叩き割ってやるべくベリウスは斧を振り上げて──そのまま振り下ろそうと力を込めたところで異変が起きた。

狐面の姿が忽然と消えたのだ。

「──ッ、上です！」

カオステルの声につられて上空を仰ぐ。

そうしてベリウスは驚愕する。狐面が月光を背に空中浮遊していたのだ。来たる反撃に備えてベリウスはすぐさま回避体勢に移る、しかし予想に反して敵は何もしてこなかった。くすくす笑いながらこちらを見下ろすだけ。

「ふーん。その様子だと、新聞に載っていたのは本当に本物のテラコマリみたいね」

ベリウスは狐面を睨む。非常にどうでもいい話だが下から覗くとローブの内側のミニスカートの中身が丸見えである。そんな格好で【浮遊】の魔法を躊躇いなく行使するということは痴女の類と見て間違いはないだろう。

「……貴様は何者だ」

「私が何者であるかはどうでもいいでしょう? だってこれは私とあいつの問題だもの。小汚い駄犬と変質者には関係ない」

「何だとッ……!?」

「聞き捨てなりませんね。誰が変質者ですって?」

狐面は「きゃははは!」と笑った。

「お前たちでは私の障害になりえない――それがわかっただけでも収穫だわ。テラコマリによろしく言っておいてね」

「おい、待てッ!」

止めることはできなかった。

　ベリウスが斧を投擲すると同時、狐面の姿は蠟燭の炎のようにふと消えてしまった。目標を失った斧がぐるんぐるんと回転しながら宵闇の向こうへと消えていく。おそらく敵は【転移】の魔法を使ったのだろう。もはや追いかけるすべはない。

　静寂に満ちた宵闇の中、残された二人は神妙な面持ちで顔を見合わせる。

「……やつの狙いは閣下だ。どうする」

「どうするも何も、捜し出して始末するしかないでしょう」

「それはその通りだが――閣下に報告するべきだろうか」

　カオステルはニヤリと笑った。

「閣下が動けばあのような不埒者など一日と経たずに捕獲されてしまいます。そうなってしまっては我々の功績になりません。閣下から『おみ足ぺろぺろ権』を頂くためには我々が自発的に動いて敵を仕留める必要があるのです」

「しかし……」

「しかも麩菓子もありません。このような些事で閣下の歩みを止めるなど言語道断。あの方が心おきなく覇道を驀進できるようサポートするのが我々の仕事でしょうに」

　それもそうか、とベリウスは思った。

　報連相が壊滅的なのは第七部隊の特徴である。

　こうしてコマリの与り知らぬところで悩みの種は増えていくのであった。

3 下剋上、勃発

Hikikomari the Vampire Countess no Monmon

翌朝、裸エプロンの変態メイドが枕元(まくらもと)に立っていた。

「おはようございます、コマリ様」

「ああおはよう――っておかしいだろ⁉」

私は瞬時に身の危険を察知して飛び上がった。最近どうも変態センサーが鋭敏になっている気がする。こいつが近づくと身の毛がよだって胸がざわつくのだ。

壁際まで後退しながら、私はやつをジロリと睨(にら)んでやった。

「よくそんな恥ずかしい格好ができるな。お前には羞恥心(しゅうちしん)というものがないのか？」

「ありません」

「言い切るなよ⁉　反応に困るだろ⁉」

「それはそうと朝ごはんの用意ができていますよ。本日はコマリ様の大好きなフレンチトーストです。腕によりをかけて作りましたので、どうぞお召し上がりください」

「え、ほんと？　わーい」

自室に備えつけられたカウンターテーブルに腰かけると、私はヴィルが用意してくれた皿を覗き込んだ。ふんわりと甘いにおいがする。とっても美味しそうだ。

「食べていいの？」

「どうぞ」

「いただきます」

恐る恐る口をつけてみる。ふわふわ。あまーい。今日も一日がんばって引きこもろうって気分になってくる。

ちなみに私の食事はヴィルが用意することになっていた。彼女が言うには「専属メイドとして当然の義務です」とのこと。実際にこいつは料理が上手い。私もたまにクッキーを焼いたりするけど、こいつの腕前には遠く及ばないから憎たらしい。変態のくせして。

「ごちそうさまでしたー」

十分もすれば完食だ。もうお腹いっぱい。この幸せな気分のまま二度寝でもしたい気分だった。あ、でもその前に歯を磨かなくちゃ。

コップに牛乳を注ぎながら寛いでいると、ヴィルが冷徹な声色で言った。

「さて、飯を食ったぶんだけコマリ様には働いていただきます」

「ぶっ」

牛乳を噴き出してしまった。

こいつ――そんな卑怯な手を使うのか⁉

「ま、待て。私は昨日死ぬほど働いたんだぞ？　今日も出勤しなくちゃいけないのか？」

「当たり前です。仕事を何だと思ってるんですか。――はい、軍服に着替えるのでパジャマを脱いでください。ばんざーい」

「ばんざいしてたまるか！」

私は断固とした思いで布団に包まった。毎日出勤なんて馬鹿馬鹿しくてやってられん。私には週休七日くらいがちょうどいいのだ。

「コマリ様、本日の業務内容ですが」

「知るもんか。部下たちには仮病だって言っておいてくれ」

「仮病と言ったらまずい気もしますが――それよりも、本当にいいのですか？　本日はコマリ様の騎獣を見繕う大事な予定があるのですよ？」

「……え？」

私は布団から顔を出してヴィルのほうを見た。

騎獣？　騎獣って、あの騎獣？

「そうです、あの騎獣です。古来より名将の隣には名馬ありといいます。まあ馬とは限りませんが――とにかく、これからコマリ様の大事なパートナーを見繕いに行くのです」

「む、むむ……」

そういうことなら――まあ、ちょっとだけ外に出てやらんこともない、かな？

「さあ着替えましょう。今日こそ脱ぐお手伝いをいたします」

「……ねえ、ヴィル。本当に騎獣をもらえるの？」

「はい、皇帝陛下より許可を頂いておりますので。さ、両手を挙げてください」

「ふ、ふーん。太っ腹だなあ、変態皇帝。ところでさ、どこで選ぶの？　牧場とか？」

「七紅府(しちぐふ)の近くに特別な厩舎(きゅうしゃ)がありますので、そこにて。――ああ、やっぱりコマリ様のお肌は白くて美しいです。永遠に見つめていたいほどです」

そっか。特別な厩舎か。……ふふ。ふふふふ。実を言うと、騎獣にはちょっとした憧(あこが)れがあったんだよね。『アンドロノス戦記』の主人公にも立派な相棒がいたし。それに騎獣が相手ならコミュ障の私でも友達になれそうな気がするし。

「……七紅天(しちぐてん)になってもデメリットしかないと思ってたけど、これは予想外の朗報だな。ヴィルもそう思わないか？」

「そうですね。私もコマリ様が優雅に騎獣を乗り回すお姿を拝見したいです。それはそれとして、下も脱がせたいのでこちらを向いていただけませんか？」

「あ、うん」

楽しみだなあ。いったいどんな子がいるんだろう。ああでも、私って騎獣に乗ったことないんだけど大丈夫かな？　教えてくれる人とかいるんだろうか。練習も含めて楽しみで仕方がないぞ。こんなに外に出たいと思ったのは久しぶりだ。はやく行こうよヴィル！

☆

絶望的な事実が発覚した。騎獣と聞いて舞い上がっている隙に変態メイドによって着替えさせられていたのだ。これが平時ならば不埒を働いたメイドを鬼のように叱責してやるところだが、いまは気分がいいので許してやるとしよう。

「お待ちしておりました、ガンデスブラッド様。ささ、どうぞ中へお入りください」

厩舎で私たちを待ち受けていたのは、物腰の丁寧な初老の吸血鬼だった。皇帝から勅命を受けて厩舎の管理を任されている人らしい。騎獣のことを語る彼の瞳からは瑞々しい輝きが見て取れた。久しぶりに会った変態じゃない一般人である。

「騎獣は人の心を見ます。よこしまな気持ちを持っていると、すぐに見透かされてしまいますよ。騎獣と接するときは優しい気持ちを心掛けることが大切です」

「そ、そうだな。優しい気持ち、優しい気持ち……」

恐る恐る厩舎に踏み込むと、獣らしい独特の匂いが鼻をついた。しかしそんなことなど少しも気にならないぐらいに私の心は弾んでいる。

「うわ～っ！　いっぱいいる！」

さすがは皇帝所有の厩舎といったところか、そこに居並んでいたのは素人目にも立派と思えるほどの騎獣たちであった。一般的な馬の姿をしたものから、爬虫類のような姿をしたものまで勢揃いしている。私はその中の一頭に近寄ると、ためらいながらも手を伸ばしてみた。よく人に慣れているのだろう、私が頭を撫でても嫌がる素振りをまったく見せずに目を細めてくれる。か、可愛い……。

「お気に召しましたか？　それは天仙郷原産の蛟竜でございます。騎獣の中では温厚な種類ですが、ひとたび地を蹴ればあっという間に千里を駆け抜けてしまいますよ」

「へえ……」

おじさんの説明を受けながら、私は一頭一頭の顔を順繰りに覗き込んでいく。みんな私にはもったいないくらいの騎獣たちだった。

「どうです、決まりましたか？」

と聞かれても、正直言って私には選びようがなかった。みんな良く見えてどうしようもないのだ。頭を悩ませながら行ったり来たりする。ふと、厩舎の奥の奥でひっそりと佇んでいる騎獣に目がいった。見事な毛並みが特徴的な、竜種の騎獣だ。気品あふれる立ち姿からは近寄りがたい印象さえ受ける。

「おじさん。あの騎獣は？」

「あれでございますか」

おじさんは露骨に眉をひそめて言った。

「あれは、蛟竜の中でもいっとう希少な品種で、紅竜と呼ばれるものです。この厩舎にも一頭しかいません。ずばぬけた勇敢さ・力強さ・敏捷性を持った紅竜は、数ある騎獣のうちでも最高級であると言えましょう。ですがあれに関しましては……」

口ごもる様子から察するに、何かしらのワケがありそうだ。

しかし私はあの紅竜に言い知れない親近感を覚えていた。おそらく紅竜が放つ孤高の雰囲気が自分と重なるように感じられたからだと思う。私はゆっくりと柵に近づくと、なるべく優しい気持ちを心掛けながら「おいで」と声をかける。

「いけません、ガンデスブラッド様！　危険です！」

「何が危険なものか。こいつと私は同類なんだからな――よしよし」

最初は警戒していた紅竜だったが、やがて私が人畜無害な優しい吸血鬼であることを悟ったらしく、のそのそとこっちに近づいてきてくれた。その白い毛並みにそっと触れてみる。ひんやりしていて気持ちよかった。そのまま顎とか首とかもさすってやると、紅竜は安心したように喉を鳴らすのだった。

「そ、そんな……」

「ふふっ、驚いたか？　おおかた『こいつは誰にも懐かない問題児だったのに』とか言いたいんだろう？　でもな、私とこいつは似た者同士なんだ。心が通じ合うんだよ」

蒼い瞳の奥に浮かぶ静かな光。たぶんそれは、誰とも深い関わりを持たないまま孤独に身を

浸してきた賢者の輝きだ。こいつは珍しい純白の体軀を持っていたがために、周囲と馴染めず孤高の日々を送ってきたのであろう。その境涯には痛いほど共感できる。

しばらく触れ合っているうちに、紅竜は完全に心を開いてくれたらしい。おもむろに低く嘶いたかと思えば、息を荒くして私の胸に頰をこすりつけ始めるのであった。

「うわっ、あはは！　やめろよ、くすぐったいなぁ」

「……すみません。あの紅竜はいったい」

「ああヴィルヘイズ様……。これまで何人もの将軍があれを馴らそうとしたのですが、例外なく失敗してきました。なぜならあの紅竜はとんでもない幼女趣味で、幼女にしか心を開かないからです。厩舎見学に来た学童の中でも小さい女の子ばかりに懐いてしまって」

「なるほど。実に納得のいく説明ですね」

「騎獣は人の邪な気持ちを見抜きます。しかし、人が騎獣の邪な気持ちを見抜くのは難しいのです……」

背後でヴィルたちが何か話をしていたような気がするが、私の耳には入らなかった。新しい友達ができたのが嬉しすぎて、周囲のことなど気にする余裕もなかったからだ。紅竜もたぶん私と同じ気持ちなのだろう、興奮した様子で私に鼻先を押しつけてくる。

「よし、決めた！」

私は晴れ晴れとした気分でヴィルたちを振り返った。

「こいつをパートナーにする。おじさん、いいよね？」

「は、はあ……本当によろしいのですか？」

「よろしいも何も、私とこいつは同じ境遇の仲間なんだ。一心同体といっても過言ではないぞ。なあ、ブーケファロス」

紅竜は同意を示すように低く啼いた。瞬間的に閃いた名前だが、やはりこいつにはブーケファロスがぴったりである。よし、今日からこいつは私の相棒・ブーケファロスだ！

「ガンデスブラッド様がそう仰るのなら構いませんが、しかし……」

「無駄ですよ。コマリ様は気弱なくせして変に頑固ですからね」

それではさっそくブーケファロスに騎乗してみようではないか。大将軍たるもの騎獣の一頭や二頭は軽々乗りこなせて然るべきだからな！――ってブーケファロス、さっきからくすぐったいよ！　あはははは、首筋ぺろぺろしないで～っ！


というわけで、騎乗の練習である。

何もかもが初めての体験だったため、鞍に跨る段階でかなり手間取ってしまったが、おじさんの助言やヴィルのサポートもあってなんとか腰を落ち着けることに成功した。したはいいのだが、高い。高すぎる。予想していた高さの十倍は高い。常日頃から「もっと身長が伸びたらいいなあ」と思って牛乳を愛飲している私であるが、こんなに高さはいらない。ちょっと下

を見ただけで身体の震えがががが

「だ……大丈夫ですか？　お顔のご様子が……」

「なっ、何を言っている！　これは武者震いだ！」

「そうですよ馬飼どの。七紅天大将軍ともあろうお方が騎乗如きに臆するわけがありません。怖くなってガタガタ震えて今にも泣きそうになっているわけがありません」

「で、ですよね。それでは歩かせてみましょう。さ、ガンデスブラッド様」

おじさんの懇切丁寧な説明によれば、足首を上手く使って騎獣のお腹に力を加えてやればいいそうだ。言われた通りにやってみると、ブーケファァロスは素直にゆっくりと歩き始めてくれた。おお、すごい！　私ちゃんと乗れてる！

「さすがですコマリ様。ご立派すぎて目が眩むようでございます」

「わっはっは！　そうだろう、そうだろう！　さあ征けブーケファァロス！　一緒に風になろうじゃないか！　目指すは地上の果てだぁっ！」

ブーケファァロスが高く嘶いた。私の気持ちを汲み取ってくれたのだろう、その足取りは徐々に速度を増していく。すごいすごい。もしかして私、才能あったりする？　よし、このまま宮殿の庭を一周して――、ん？　あれ？

「――ねえ、ちょっと速くない？　ブーケファァロ人、地の果てまで行くっていうのは言葉の綾でね？　だから、その、止まっ、――ひゃあああああああああッ⁉」

その瞬間、私は風になっていた。

脳の処理が追いつかなかった。私を乗せたブーケファロスは、まさに疾風迅雷と表現するに相応しい速度で大地を駆けていた。景色がものすごい速さで過ぎていく。動体視力が追いつかない。悲鳴をあげても止まらない。やばい。やばいやばいやばいやばい、

「とまっ、とまままままま」

「ガンデスブラッド様！　手綱を引いてくださいっ！」

背後でおじさんが何かを言っているが、私の耳には届いていなかった。恐怖に全身を支配された私は「止まれ」も満足に言うことができない。そんなパートナーの心の叫びを知ってか知らずか、ブーケファロスは非常にご機嫌な様子で爆走し続けるのであった。

☆

ヨハン・ヘルダースは苛立っていた。

ムルナイト宮殿七紅府第七訓練場、魔法演習の時間。

いくらアウトローな部隊とはいえ、第七部隊も正規の軍隊である。戦争がない日でも訓練が義務づけられており、今日も訓練場のそこここで吸血鬼たちが模擬戦を行っていた。

特にベリウスとメラコンシーの戦いは壮絶である。地面が抉れ、いたるところで爆発が巻き

起こり、攻撃の余波がギャラリーに飛び火して何人もの死人が出ている。

だが、ヨハンには彼らのような戦意はなかった。木陰のベンチの上で胡坐をかいて、昼飯の骨付き肉の骨をかじりながら、荒れ狂う精神を必死で抑えつけていた。

とにかく腹が立って仕方がないのだ。

怒りの対象は、言うまでもなくテラコマリ・ガンデスブラッドである。あのふざけた小娘は、ヨハンが狙っていた七紅天大将軍の椅子を、コネの力で奪い取りやがったのだ。

いや、それだけならまだいい。貴族が権力を濫用して軍の中枢に潜り込んだ例など、帝国の歴史を紐解けばいくらでもあるはずだ。

問題なのは、あの小娘がヨハンに大恥をかかせたことである。

思い出すのも忌々しい。

一昨日、血濡れの間に入室しようとしたテラコマリ・ガンデスブラッドに、ヨハンは不意打ちじみた襲撃をしかけた。相手が本当に七紅天たる器を持っているのならば、この程度の奇襲など容易くさばけるだろう――そういう判断からの行動である。

で、ヨハンは容易くさばかれた。

みんなの前で、扉に首を挟まれて、無様に死んだ。しかもそのまま二日ほど放置され、昨日のラペリコ王国との戦争に参加することもできなかった。

これほどの屈辱があるだろうか。いやない。

「復讐(ふくしゅう)してやる……絶対に」

骨付き肉の骨がバキリと折れた。周囲の腰巾着どもが「ひぃっ！」と女々しい悲鳴をあげるが、そんなもんに構っている暇はない。ヨハンの頭は高速で回転し始めている。

さっそく大将軍様を探し出してぶっ殺してやろうか。いやいや、ただ殺すだけというのもつまらないな。公衆の面前で処刑するのは当然として、少し趣向を凝らすとしよう。まず髪の毛を全部燃やす。次に服も燃やす。それからそれから――

「おやおや、復讐とは穏やかではありませんねぇ」

不意に背後から声をかけられた。いつの間にか枯れ木のような男がこっちを見下ろしている。第七部隊の参謀にして筆頭吸血鬼、カオステル・コントだった。

「……何の用だ？　僕は今、機嫌が悪いんだよ」

「いつも悪いでしょうに。そんなだから頭が薄くなるんですよ」

「喧嘩(けんか)売ってんのか？」

ヨハンはギロリとカオステルを睨み上げた。枯れ木男はにやりと笑って、

「ところで、先ほど復讐すると呟(つぶや)いていましたが」

「ああ」

「まさか、大将軍閣下に復讐を？」

「それ以外に何がある？」

カオステルは肩を竦(すく)めて言った。

「しかし、あなたは身をもって実感したはずですよ。テラコマリ閣下の力は尋常のそれではない。さすがは名門と謳(うた)われるガンデスブラッド家の令嬢ですね」

「バカ言ってんじゃねえ、あれは偶然だ！　〝獄炎の殺戮者(さつりく)〟とまで謳われたこの僕が、あんな小娘に負けるなんてありえないだろう！」

「でも死にましたよね」

「だから偶然なんだよ、事故みたいなもんだ！　お前ら揃(そろ)いも揃っておかしいぞ？　あの小娘には何の力もないんだ。その証拠に、僕が襲いかかった時にあいつは顔を青くして逃げ出したじゃないか！　そしてたまたま扉が閉まって挟まれた！」

「仮にそうだったとして、昨日の件はどうお考えですか？」

「昨日？　なんの話だよ」

「ラペリコ王国との戦争の件です。あなたは参加していなかったので知らないかもしれませんが、閣下は大将軍として非常に適切な判断をなされたのですよ。まさに歴戦の軍師もかくやという振る舞いでした」

「具体的には」

「ガンガンいこうぜ。閣下が戦争中に出した指示はこれだけです」

「…………」

「脳筋ばかりの第七部隊を活用する作戦としては最高のものでしょう？　就任二日目にして隊の本質を見抜いてしまうとは、さすがの私も脱帽でしたね」

「そんな作戦チンパンジーでも立てられるわ！　やっぱりあいつはコネで七紅天になった貴族の小娘なんだよ！」

「やれやれ……」

どれだけヨハンが捲し立てても、カオステルは「これだからガキは」みたいな態度を崩そうとしない。苛立ちを覚えたヨハンは歯をギリギリと鳴らして枯れ木野郎を睨みつけた。

「あまり舐めていると、ハゲさせるぞ？」

「やれるものならやってみなさい。ちょうど模擬戦の相手を探していたところでしてね」

「ひゃはっ……いいぜ、やってやるよ」

ボッ、とヨハンの両手に燃えたぎる炎が灯る。そのままやつの顔面に拳を一発入れてやろうかと思ったのだが、不意にカオステルが何かに気づいたような顔をして、

「いや、ちょっと待ってくださいヨハン」

「ああ？　今更ビビってんじゃねえぞ！　毛根抉ってやるから覚悟し」

「ひゃあああああああああああああああああああああああああああああどいてどいてどいてどいてどいてええええええええええっ!!」

「ん？　――ゲファッ」

後頭部に重たい一撃が降り注いだ。

何が何だかわからなかった。

痛みを感じる間もなく神経が破壊され、頭から噴水のように血が飛び散っていることにも気づかない。知らないうちに世界が真っ暗になっていた。

ヨハンは死んだ。

そのとき、私は無我の境地に達していた。

マジで地の果てまで行くつもりらしいブーケファァロスはどんどん加速して、周りの景色の流れるスピードに動体視力が追いつかなくなった瞬間、私は考えるのをやめた。

もうダメ。イっちゃう。天国のおじいちゃんが手を振っている――

そんな感じで棺桶に片足を突っ込みかけていたとき、ガクン！　と視界が反転した。次いで、空を飛んでいるような浮遊感が全身を襲う。

どうやら私はブーケファァロスの背中から吹っ飛んでしまったらしい。

世界がスローモーションになっている。

ぐるんぐるんと回転する視界に吐きそうになりつつ、私は周囲に見知った顔があるのを見つけていた。枯れ木のようなカオステル。犬頭のベリウス。常時ラップ調のメラコンシー。どうやらここはムルナイト軍の演習場か何かのようで、その他大勢の部下たちも勢揃いしていて、誰もが驚いたような顔でこっちを見ていて。

いやまあ、そりゃあびっくりするだろうね。

自分の上司が騎獣も操れないようなポンコツだってわかったんだから。

ああ、これで下剋上勃発かなあ。殺されるのかなあ。

つーか、その前に落馬の衝撃で死ぬのかなあ。

こうなったら辞世の句でも捻ってみようかなあ——そんなふうに諦観の念を抱いていた私だったが、待っていたのは固い地面との熱烈なキスではなく、柔らかいメイド服との熱烈なキスだった。——ふぇ？　メイド服？

「——まあ、コマリ様ったら。ダイナミックな飛び降りはおよしくださいと日頃から申し上げておりますのに。心配するヴィルめの気持ちも考えてほしいものです」

恐る恐る見上げる。

見知った女の子がこっちを見下ろしていた。

そうして私は、自分が変態メイドにお姫様抱っこされていることに気がついた。

こいつ……暴走するブーケファロスにどうやって追いついたんだ？　魔法か？　いずれにしても尋常な脚力じゃないぞ——って隙あらば私の服に手を突っ込もうとするのはやめろって

言ってるだろうが変態メイドめ！

「れ、れいはいいわんぞ」

「舌が回っていないようでございますが」

「う、うるさいっ。はやくわたしをおろせ」

「承知いたしました」

ヴィルはゆっくりと私を降ろしてくれた。うっ、目が回ってくらくらする——というかヴィルのやつ、しっかりと私の手を握って支えてくれていやがる。こういうところでポイントを稼いでくるから侮（あなど）れんのだ。

「これはこれは閣下ではないですか。ご機嫌麗（うるわ）しゅう」

飲み屋を三軒梯子（はしご）した酔っ払いのような気分で大地を踏みしめていると、カオステルがにこやかな笑みを浮かべて近づいてきた。くそ、こんなときに。

「かおすてる。ちょうしはどうかね」

「ええ、お陰様で絶好調でございます。今日もコマリ隊の面々はしっかりと訓練に励んでいますよ」

「そうか。それはよいことであるぞ」

「ええ。是非とも閣下にもご参加頂きたいものです」

「わははは。なにをいう。わたしがさんかしたらみんなごびょうでしんじゃうぞ」

おおっ、とどよめきが上がった。こいつらバカなのかもしれない。

「ふむ、確かに。そこの愚か者は戦いを挑む前に死んでしまったようだしな」

犬頭のベリウスがシニカルに笑っていた。

愚か者？　死んだ？　何を言ってるんだあいつは。

怪訝(けげん)に思いながら振り返ってみると、草の上で白目をむいて倒れてる金髪男の姿が目に入った。私は泣きそうになった。あれってもしかして――

「はい。コマリ様が操る騎獣に蹴り飛ばされて死にました」

うわあああああああああああああああああッ!!

また殺しちゃったよ⁉　しかもあの人って前回と同じ人でしょ⁉　ぜったい恨まれてるよね？　夜道を一人で歩いていたら確実に刺されるよね⁉　というかブーケファロスどこ行ったの⁉　私を置いて地の果てまで全力疾走⁉　そんなアホな！

頭を抱える私だったが、部下たちはやんややんやの大騒ぎである。「閣下万歳！」「殺人万歳！」「裏切者粛清万歳！」控え目に言ってどうかしている。――ところが、

「――まだ死んでねえぞバカどもがあああああああああああっ！」

ぼうっ、と、私の背後ですさまじい熱気が湧(わ)き上がった。

見れば、死んだはずの金髪男が全身に炎をまとってこっちを睨んでいた。あまりの恐怖に漏(も)らしそうになってしまった。生きてたのかよ。

金髪男は怨嗟のにじむ声で言った。

「大将軍閣下様よお、不意打ちとは少し卑怯じゃないか?」

ぐうの音も出ない。だが出すしかないのだ。

「うるさいっ。よけられなかったのがばかなのだ」

「はっ、そうかよ。——じゃあ今から僕に殺されても文句はねえよなあ⁉」

金髪男が炎をまとって走り寄ってきた。

あ、これ死んだ。

そう思った直後、それまで私を支えてくれていたヴィルがいきなり手を離した。そして奇跡が起きた。あれよあれよという間にバランスを失った私の身体は真横によろめき、猪の如く突進してきた金髪男を見事に回避してしまったのである。

「おお!」「なんという身のこなし!」「さすが閣下」「まるで闘牛士のようだ!」「閣下を見てると興奮して飛びかかりたくなるんだが……」

やめろ。くたばれ。

いや、あいつらはどうでもいいのだ。今は金髪男をなんとかしないと——

「マグレで躱しやがって! 今度こそ死ねやあッ!」

体勢を立て直した金髪男が殴りかかってくる。避けなければ死ぬ、そう理解した私はなけなしの生存本能を働かせて必死で足を動かす。ところが目が回っているせいで上手く動けない。

ちくしょう、私の三半規管弱すぎだろ——

「ひゃははは！　燃えろ大将軍かっぷへっ⁉」

「うひゃあっ⁉」

どさり。

またしても天地が引っ繰り返った。わけがわからず硬直する私。どうやら転んだらしいのはわかるのだが、それにしてはあんまり痛くないぞ……？

「ぎゃあああああああああああああああああああああああッ！」

と思っていたら、私のすぐ近くで耳をつんざくような絶叫が聞こえた。驚愕して下を見ると、なぜだか私は金髪男に馬乗りになっており、しかも右手の人差し指を彼の目玉に突き刺していたのであるってなんでこんなことになってんだ⁉

「さすがですコマリ様！　迫りくる暴漢を足払いで転倒させて馬乗りになった瞬間すかさず目玉を狙って一撃必殺！　最小限の行動で最大限の効果を得る、これこそまさにコマリズムの神髄でございます！」

丁寧な解説をどうもありがとうヴィル。コマリズムってなんだよ。

いや、そんなことはどうでもいいんだよ！

私はずぷりと指を抜くと、大慌てで男の上から飛び退いた。金髪男は地面の上をゴロゴロしながら「目があぁ、目があああぁ！」とか叫んでいる。こっそり辺りの様子をうかがえば、例によって部下どもは感嘆の溜息を吐いて頷いていた。中には血の涙を流して「羨まじィーッ！」と絶叫しているやつもいるが、あれは何者なのだろう。

　というか、これどうしよう。

　とりあえず一発やっとくか？　強者ぶるやつ。

　私は深呼吸をしてから、噛まないように気をつけながら言ってやった。

「――ふんっ！　私に逆らうからこうなるのだ！　次は目玉どころか尻子玉も抉ってやるから覚悟しておけよ！」

　うおおおおおおおおおおおおおおおおおおおおおお――――

　部下どもの拍手喝采が耳に痛かった。

　もうやだこの仕事。そろそろやめようかな。やめられないんだったっけな。理不尽すぎるから後で変態メイドに八つ当たりしてやろうかな。

　心の内で密かに『メイドくすぐり地獄の刑』計画を立てていると、その辺でごろごろ転がっていた金髪男がいきなり起き上がって叫んだ。

「よ、よくもやってくれたなあっ！　ただじゃおかねえぞッ！」

　右目を押さえながら、燃えるような殺意を私にぶつけてくる。いったい何をするつもりなのかと身構えていると、彼は己の軍服のポケットをごそごそと漁り、布切れのようなものを取り出して私に放り投げた。

それは手袋だった。

え、ポイ捨て？　まだ使えそうなのに……。

もったいないなあ、などと考えていると、急に周囲の空気が変わった。

部下たちは「こいつは面白(おもしろ)いことになった」と言わんばかりに目を輝かせている。カオステルにいたっては犯罪者一歩手前のキモい笑みを浮かべていた。

いったい何だというのだ。

金髪男に再び向き直ると、彼は獰猛(どうもう)に口端を吊(つ)り上げながらこう言うのだった。

「――テラコマリ・ガンデスブラッド。僕はお前に決闘を申し込む」

は？　けっとう？　血糖、結党、血統――

決闘⁉

「ちょ、ま――」

「はは、ははは、そうだよ、最初からこうすればよかったんだ。僕のほうが強いのは明らかなんだ。一対一で、不確定要素が何もない場所で、正々堂々と勝負をすれば絶対に僕が勝つ。――なあ閣下、まさか受けないわけはないよなあ？」

金髪男はにやにや笑いながらこっちを見ている。

私はきょろきょろと辺りを見渡す。

ヴィルはサムズアップしている。カオステルもサムズアップしている。ベリウスは腕を組んでじっと佇み、メラコンシーはくねくねしながら回転している。他の部下たちもキラキラした目でこっちを見ている。

味方はいなかった。

そうかそうか。ならば仕方ない。

私はゆっくりと歩を進めると、焦げた芝生の上に落ちている手袋を拾った。

そして、なるたけ不敵な笑みを浮かべて金髪男に宣言するのであった。

「――よろしい、受けて立とう。いずれ貴様は己の浅慮を深く後悔することになるだろうが、それでも構わんな？」

☆

「ああああああああああああああああああああああああああああ!!」

部屋に戻った私はベッドの上で己の浅慮を深く後悔していた。

理由は言うまでもない。あのヨハン・ヘルダースとかいう金髪男に決闘を申し込まれ、成り行きで承諾してしまったからだ。もう逃げ場はない。私はみんなの前であの男に丸焼きにされて短い生涯を終えることになってしまうのだ。

「コマリ様、そんなによがってどうしたんですか？」

「よがってねえよ！」

見れば、ヴィルは相変わらず涼しげな顔をしていた。こいつには危機感ってものがないらしい。なくて当然か。死ぬのは私なんだからな。くそめ！

「ううう……どうしよう、亡命しようかな。どこに逃げる？　隣国？　だめだ、チンパンジーに襲われちゃう……」

「コマリ様、顔を上げてください」

泣きそうな気分で枕に顔を埋めていると、ヴィルの優しげな声が聞こえた。今更何の用だってんだ——私は不貞腐れながらも横目で彼女をうかがう。

「なんだよ変態。通報すっぞ」

「あらまあ、汚い言葉を使うものじゃありませんよ。——しかし、コマリ様が投げやりになる気持ちもわかります。何せこのまま時が進めば確実に殺されてしまうのですから」

「そうだよ！　文字通りの人生終了なんだよ！　ああもうどうしよう、死ぬまでに成し遂げたいことがいくつもあったのに！　本も出版したかったし、お菓子の城も作ってみたかったし、あとは——」

「あとは？」

「ハチミツのプールで泳いでみたかったし」

ブフッ、と笑われた。しまった。焦りのあまりこれまで隠匿してきた野望が漏れ出てしまった。一生の不覚、末代まで語り継がれる大恥だ。死のう。いや死ぬのか。

ところが、ヴィルは「大丈夫ですよ」とニヤけながらこう言った。

「お忘れですか？　殺されたからといって死ぬわけではありません。ムルナイト帝国にはちゃんと魔核（まかく）があるのですから」

「知ってるよそんなこと！　でも痛いだろ、熱いだろ、苦しいだろ！」

「ですから大丈夫なのです。このヴィルがいる限り、コマリ様が決闘で死ぬようなことは万に一つも有り得ません。私にはわかるのです」

え、と思考が止まってしまう。こいつは何を言ってるんだ？

困惑する私をよそに、変態メイドは自信満々な雰囲気で宣言するのだった。

「ムルナイト帝国準三位特別中尉ヴィルヘイズ——専門分野は諜報、破壊工作。すべて私にお任せください。必ずやコマリ様に勝利の栄光をもたらしてみせましょう」

☆

そうして、あっという間に決闘の日が訪れてしまった。

ムルナイト宮殿に併設された闘技場である。アイドルのコンサートとか年末の殺し合い大会とかに使われている場所らしいが、七紅天の職権を濫用すれば私的な決闘にも使えるのだった。

まったく権力というものはクソである。

「きゃあああああっ！　見て、テラコマリ様よ！」「閣下あーっ！　ヨハンのやつをぶちのめしてやってくださいッ！」「コマリン！　コマリン！　コマリン！」「はあはあはあ……コマたんかぁいいよぅ……」

既に客席はほとんど埋まっており、どいつもこいつも麻薬中毒者のような騒ぎっぷりを見せていた。しかもやつらの大多数は第七部隊の吸血鬼ではない。他の隊の連中や、外部からやってきた一般客で七割を占めている。なぜこんなにも観客がいるのかといえば、私が決闘するという話がいつの間にか帝都に拡散されていたからだ。情報の発信源は考えるまでもない。うちの隊のバカどもである。

そんなバカどものせいで、私は戦う前から死にそうになっていた。

……いやね、もうちょっとひっそり終わるかと思ってたんだよ。見物人がいたとしても第七部隊の五百人かそこらで、それほど騒ぎになるとは思ってなかったんだよ。なのになんだよこれ！　もはやアイドルのライブじゃねえか！　私に何を期待してるんだよ⁉

『――コマリ様。調子はどうですか』

不意に変態メイドの声が聞こえた。ここに来る途中で耳に装着する通信魔具を渡されたのだ。

「調子？　んなもん最悪に決まってるだろ……」

『頑張ってください。ここが踏ん張りどころですよ』

「や～だ～！　おうちに帰りたい～っ！」

『無事に終わったら素敵なご褒美を差し上げますので』

「ご褒美？」

『美少女メイドの添い寝券×５』

「いるか‼」

『×10』

「数の問題じゃない‼」

『ちなみにメイド役はコマリ様です』

「どういうことだよ⁉」

『この券を売りさばいた儲けがご褒美ですので』

「私がいかがわしい労働をするだけじゃん‼」

『私が買い占めますので大丈夫です。汚いオッサンに添い寝する必要はありません。というかこんな面倒な手順を踏まずとも金を払うので私と寝ませんか？』

「汚いオッサンの発想じゃねーか‼」

　やる気がどんどん減っていく。主が死ぬ寸前だっていうのに何をほざいてやがるんだこの変態メイドは。

「……なあヴィル。真面目な話いいか」

『どうぞ』

「私は……本当に、生きて帰ることができるのか？」

くすりと笑うような気配。しかしそれは一瞬のことだった。ヴィルはいつものように涼しげな口調で言う。

『ご安心ください、私はコマリ様の忠実なる僕(しもべ)です。どんなことがあってもあなたのことを見捨てたりしませんよ。――さあ、対戦相手が来たようです』

そのとき、ひときわ大きな歓声が闘技場を包み込んだ。

私が立っている場所の反対側、つまり挑戦者が出入りするための大扉が、鈍い音を立てて上がっていく。私はごくりと喉を鳴らしてしまう。もうすぐだ。もうすぐ始まってしまうのだ。ヴィルのやつ、いったいどうやって私を生かすつもりだ？　自慢ではないが私の打たれ弱さは豆腐をはるかに凌駕するんだぞ――などと煩悶しているうちに、扉の向こうから見覚えのある人影が現れた。現れたはいいのだが。

「て、テラコマリ、き、今日こそ、お前を、も、も、も、燃やしてやるから、な……」

ヨハン・ヘルダースである。

しかし様子がちょっとおかしい。顔は真(ま)っ青(さお)だし、足取りはふらふらだし、まるで下痢が止まらないかのようにお腹を押さえてぶるぶる震えている。あ、転んだ。どうやら本気で体調が悪いようだが――いやちょっと待て。これってまさか、

『毒を盛りました』

「お前の仕業かよ⁉」

しかも毒ってなんだよ⁉　そんな卑怯なことして許されるの⁉

『簡単なお仕事です。ヘルダース中尉は毎日食堂でお昼を食べます。しかもメニューは決まって骨付き肉。そこで私は食堂の肉すべてに遅効性の劇毒を注入しておきました』

「すべての肉に注入したの⁉」

『確実に毒入りを食べさせるためには仕方のないことです。おかげ様で十二、三人の死人が出ていますが問題ないでしょう。足がつくヘマはしていません』

完全にテロリストじゃねーか！　どうしてやることなすこと過激なんだよ⁉　私のためを思ってやってくれてるのは嬉しいけどさ、もっとこう穏便に済ませてくれよっ！

ヨハンが餓えた獣のような目を向けてきた。

「へ、へへ、どうしたよ閣下？　いまさら泣き喚いても、お、おお、遅いぜ。ひ、ひひひひひ、燃やして、びょ、病院送りに、しし、してやる」

「お前こそ病院に行ったほうがいいんじゃないか？」

「んだとコラァ⁉　な、な、舐めたことほざいてっと、ハゲるぜ」

いや挑発でも何でもなく心からの心配だったんだが。つーかハゲるって何だよ。

複雑な感情を抱いていると、ゴーン！　と決闘開始のゴングが鳴り響いた。声援がいっそう大きくなり、「殺せ！」だの「死ね！」だの物騒な叫びが私の鼓膜を震わせる。

「ぶ、ぶぶ、ブチ殺してやるぜかっ――んぷッ、オエエエエエエエエッ！」

「きゃあああああああああああああああっ⁉」

吐瀉物をまき散らしながら襲いかかってきた！

ただしその速度は遅い。徘徊老人さながらである。どう見てもゾンビだった。

「おいヴィル！　どうすんだよ、小さい子には見せられない恐怖映像だよ！」

『ではコマリ様、魔法を使ってください』

「はあああああ？　そんなもん使えたら今頃苦労してないよっ！」

『いえ、使うフリだけでいいんです。私が合図をしたら指をパチンと鳴らしてください。なるべく観客にわかりやすいようにです。五、四、三、二、一――はい、今』

すかっ
……という感じだったが、言われるままに指を鳴らしてみた。

次の瞬間、ばこぉん！　という音と共にヨハンが消えた。いや、正確には落ちた。突如として地面に開いた大穴に落ちていった。――は？

「うおおおっ！」「なんだあの魔法は！」「あの位置から敵の足元に穴を開けただと⁉」「なんて精度！」「なんて威力！」「あれはきっと上級魔法【王国崩し】だ……」「しかし魔力の流れが微塵も感じられなかったが？」「つまり閣下は魔力隠蔽の魔法も使えるってことだよ！」「なるほど、上級魔法【漆羽衣(うるしはごろも)】か」『さすが閣下！』『すごいぞ閣下！」

観客どもが騒ぎ始めた。ヴィルは言った。

『昨晩、落とし穴を掘っておきました』

「そんなのアリなの⁉」

『ちなみに穴の底には竹槍が仕掛けてあります。今頃ヘルダース中尉は串刺しでしょう』

えげつねえな⁉　――いや、ちょっと待てよ？　これってどういう仕組みなんだ？　穴掘ったって、その上にヨハンが来るとは限らないし。まさか運ゲー？

『ご心配なさらず。この闘技場には五十二カ所に落とし穴が仕掛けられています。どこを歩いても落ちて死ぬので、コマリ様は決して身動きしないでくださいね』

「………………」

どうやら私は地獄のど真ん中に突っ立っていたらしい。恐怖のあまり身動きできずにいると、不意に観客が色めき立った。見れば、驚くべきことに、落とし穴の奥から血まみれになったヨハンが這(は)い上がってきていた。どうやらまだ生きていたらしい。

「――は、ははは、これが魔法だと？　ふざけんじゃねえ……このペテン師め」

仰る通りである。ヨハンは顔面を真(ま)っ赤(か)にしながら穴を脱すると、ボウッ！　と両の拳に炎をまとわせ私を睨みつけてきた。

「昨日のうちに仕掛けておいたんだろ？　正々堂々やったら勝てないからって」

そうです。ごめんなさい。

『失礼なやつですね。コマリ様、言い返しておやりなさい！』

本当にごめんなさい。でも強者アピールしておかないと私は死んでしまうのです。

というわけで。

「——わははは！　面白いことを言う。この私が貴様ごときに罠を張るだって？　ありえない、断じてありえない！　思い上がりも甚だしいぞヨハン・ヘルダース！　貴様のような虫けらなど即座に殺して絞って瓶詰めにしてお風呂上がりに腰に手を当てながらゴクゴクと飲み干してくれるわ！」

うおおおおおおおおおおおおおおおおおおおおおおおおおお——っ!!

観客が絶叫した。ヨハンがブチギレた。

「やれるもんならやってみやがれェ————ッ！」

「ねえヴィルどうしよう怒らせちゃったよ！」

『完全に自業自得ですがお任せください。——とはいっても、ヘルダース中尉とコマリ様を結ぶ直線上に落とし穴はもうありません』

「なんでだよ⁉　いっぱい掘ったんだろ⁉」

『運が悪かったとしか言いようがありませんね』

「そんな馬鹿な」

そのとき、燃えるような熱気が耳元を通過していった。びっくりしてヨハンのほうに目を戻す。血まみれの金髪男が目を血走らせながら炎の弾丸を投げまくっていた。

「ひゃはははは！　燃えちまえェ――――――――――ッ！」

「ちょ、ま、タイム――」

炎をまき散らしながら走り寄ってくる姿はイカれた放火魔そのもの。四方八方に投擲（とうてき）される火炎弾のせいで闘技場は灼熱地獄に早変わりである。幸いにもコントロールはイマイチのようだが、私に直撃するのも時間の問題だろう。だって動けないもん。

「ヴィル！　また指パッチンすればいいの⁉」

『いえ、もう遅いです』

「遅い⁉　人生終了ってこと⁉　ふざけん――」

な、と言い終える前にすさまじい大爆発が巻き起こった。

目玉が飛び出るかと思った。

想像を絶する轟音（ごうおん）、爆風、閃光（せんこう）――その場に立っているのも難しいほどの衝撃。爆心地はヨハンが立っていた場所。わけがわからず必死で腕で顔を覆っていると、通信魔具からヴィルの冷静沈着な声が聞こえてきた。

『地雷です』

え？　じ……地雷？

『どうやら踏んでしまったようですね。しかし無理もありません。九十六個ほど埋めておきましたので』

「どんな戦場だよ⁉」

用意周到(よういしゅうとう)ってレベルじゃねーぞ。

もしかしてヴィルのやつ、昨晩からずっと闘技場で作業をしていたのか？　私を死なせないために？　…………。

『さて、これでヘルダース中尉も無事に仏となりました。コマリ様の勝利です』

「いや、まあ、そうかもしれないけど……」

もくもくした煙が徐々に晴れていく。もしかしてバラバラ死体になっちゃってたりするのかな？　あんまり見たくないなあ——などと考えていると、不意に観客が湧いた。

そうして私は目を疑った。

ヨハン・ヘルダースはまだ生きていた。地面に這いつくばってはいるが、ゆっくりと、まるで芋虫のような動きで私のほうへと近づいてくる。

ボロボロになっても絶対に諦(あきら)めないその姿。

私は一瞬、その意志の強さに心を打たれそうに——

「ひひ、ひひひ、ひ、よくも、よくもやってくれたなァ……てめえを捕まえて、服を燃やしてみんなの前で大恥かかせてやるぜ……全裸ファイアーダンスだ……ひひひ、ひひ」

打たれた。恐怖で心を殴打された。

あれはもう色々な意味で手遅れだ。

やがてヨハンは私の足元まで匍匐前進してきた。

逃げようかと思ったが、地雷原のど真ん中なので一歩も動けない。しかし杞憂だった。あたふたしているうちに、ヨハンは私に触れることなくガクリと力尽きたのである。

もう動かない。完全に死んでいる。

よ、よかった――いや、人の死を喜ぶのもどうかと思うけど。

とにかく、勝者には勝者らしく振る舞う義務がある。私は彼の頭を右足で踏みつけると（なるべく優しくそっと乗せる感じで）、あくまで傲然とした態度で宣言するのだった。

「謀叛人、成敗ッ‼」

うおおおおおおおおおおおおおおおおおおおおおおおおおおおおおお――

割れんばかりの歓声、興奮した第七部隊の連中が次々と闘技場に雪崩れ込んできて――バカヤローッ！　ここは正真正銘の戦場なんだぞああもう言わんこっちゃない！

すさまじい爆発が連鎖する闘技場の真ん中で、しかし私は奇妙な感覚を抱いていた。

生き延びることができたのは嬉しいが、なんというか、その、ヨハンをボコボコにしすぎたのが申し訳なくなってきたぞ。だって、どう見ても過剰防衛だし。ちょっと卑怯な手を使っちゃったし。それなのに私の部下たちは「コマリン！　コマリン！」などとコマリンコールを

（爆発しながら）叫んでくれるのだからちょっと居心地が悪い。

「なあヴィル、なんかみんなを騙してるような気がするんだけど……」

『気がするじゃなくて、実際に騙してるんですが』

「……うぐ。まあ、そうだけど」

『コマリ様は人が良すぎるんですよ。七紅天ならもっとドッシリ構えていてください』

「うむ……」

まあ、考えても仕方のないことか。

私はドカンドカンと地雷が炸裂しまくる闘技場の風景を眺めながら、大きな溜息を吐くのであった——って危ねーよすぐ近くで爆発するなっつーの！

☆

かくして私は九死に一生を得たわけである。

ちなみにヨハンを含めた爆死者は病院に搬送された。病院というのはようするに死体安置所のことである。魔核で蘇るまでの間、肉体を安全に保管してくれるのだ。個人的には「絶対にお世話になりたくない場所ランキング」ワースト一位である。

閑話休題。

這々の体で自宅に帰還するやいなや、私は真っ先にお風呂へと向かった。全身汗でぐっしょりだったし、髪とか服とかに誰のものとも知れぬ血液が付着しているのだ。こんな状態でベッドに潜り込んだら想像を絶する悪夢を見るに決まっていた。

というわけで脱衣所までやってきたわけだが、

「……おい。私はこれからお風呂に入ろうと思う」

「承知しました。お着替えの準備をしておきます」

「………………」

「どうかされましたか？」

「……私がお風呂に入っている間、何をするつもりだ？」

「真面目にお仕事をするつもりです」

「………………」

「どうぞごゆっくり」

そう言ってヴィルは去っていった。

怪しい。明らかに怪しい。何が怪しいのか自分でもよくわからないが、とにかく怪しい。だってあいつは変態メイドだぞ。今まで強制わいせつスレスレの行為を散々されてきたんだぞ。スレスレどころかアウトな部分も多々あったんだぞ。

「……いや」

考えすぎだろうか。

思い返してみれば、昨日だって一昨日だって何事もなかったわけだし。……うん。あいつのことは考えないようにしよう。あんまり気を張りすぎるとストレスが溜まってしまう。

頭を振って気持ちを切り替えると、私は服を脱いで大浴場へと足を踏み入れた。一般的な家のお風呂がどれくらいの広さか知らないが、うちのはけっこうデカいんじゃないだろうか。ちょっと無理をすれば競泳ができそうなくらいだし。ちなみに私は泳げない。

髪と身体を丹念に洗って後、あつあつの湯舟に爪先から入る。

そうして肩まで浸かると同時に私の口から漏れ出たのは、人生における幸せが根こそぎ逃げるんじゃないかと思うほど盛大な溜息だった。

「はあああああああぁぁぁぁぁ…………死ぬかと思った…………」

頭に浮かぶのは昼間の決闘のことばかり。

あの金髪男――ヨハン・ヘルダースは私のことが心底気に食わなかったらしい。だがそれは当然のことだ。実力も実績もない貴族の小娘がいきなり上司になったら誰だって反発したくもなるだろう。むしろ私を神の如く信奉している他の連中がおかしいのだ。

そう、ヨハンこそ正常。

他の連中だって、私の正体を知れば、ヨハンみたく下剋上を始めるに決まっている。

今日はヴィルのおかげでなんとか勝利できたが、次に決闘を申し込まれたら死んでしまうように違いない――

「…………」

そう考えてみると、私の真の意味での味方はヴィルだけなのかもしれない。

あいつは私のことを罵倒しないし。

私の弱さをすべて受け入れてくれるし。

なんだかんだで私のことを助けてくれるし。

「……あいつにも、お礼を言ったほうがいいのかな」

「それでは存分に謝意を示していただきましょう。できれば言葉ではなく身体で表現してほしいのでさっそく抱きしめてもよろしいですか？」

「やっぱりな‼」

予想はできていたので行動は迅速だった。隣から「それでは」という台詞が聞こえてきた時点で私は走り出していた。しかし変態メイドが常軌を逸した身体能力を有することをうっかり失念していた。お湯をじゃぶじゃぶ掻き分けながら逃走することたったの五歩、バッタの化け物のような勢いで飛びついてきた変態によって容易く動きを封じられてしまう。

「くっそーっ！　なんでいるんだよ！　仕事があるんじゃなかったのかよ！」

「あれは嘘です」

「呆気なく白状しやがったなこの野郎――ちょっ、そんなとこ揉むなあああああっ！」

そんな感じで悲鳴をあげながらも涙ぐましい抵抗をしていた時のことである。

ふと、私のお腹に回されたヴィルの指に、痛々しい赤色が浮かんでいるのが見えた。

もしかして、これって――

「さあコマリ様、私と一緒に湯浴みをするお覚悟を……」

「お前、怪我してるじゃないか！」

「っ……」

時間が止まったように感じられた。

次の瞬間、ばっ！　と変態メイドが私から距離を取った。なんだか新鮮な気分になってしまったが今はどうでもいい。ヴィルは冷淡な無表情を浮かべながら両手を背中に隠していた。

「……豆ができただけです。明日になれば魔核で元通りです」

「でも、すごい痛そうだったぞ……？」

「身体の痛みはいずれ消えます。些細なことなのです」

そういう問題じゃない。私には思い当たる節があるのだ。

「怪我の経緯を話せ」

「話せません」

「じゃあ業務命令だ。話したまえ」

ヴィルは困ったように沈黙していたが、私の決意の固さを見て取ったのか、やがて観念したように口を開いた。

「ヨハン・ヘルダースを殺すための落とし穴がありましたよね」

「うん」

「全部スコップで掘りました」

「あれ手作業だったの!?」

「私は猛毒魔法しか使えませんので」

「……そ、そうか」

「………………」

無言のままじーっと見つめ合う。

変態メイドのほっぺたがみるみる赤くなっていった。

全裸を晒(さら)しているのが恥ずかしいからではない。怪我を私に指摘されたのが恥ずかしいからだ。とんでもなく変わった感性の持ち主だと思う。

「……申し訳ありません。見苦しいところをお見せしました」

ヴィルは本当に申し訳なさそうに頭を下げた。さっきまでの変態的空気は完全に鳴りを潜めてしまっている。——まったく、なんて馬鹿なやつだ。

「見苦しくなんかないよ」

私は意を決してヴィルのほうへと近寄っていった。しかし彼女の前まで来た途端に恥ずかしくなってしまい、そっぽを向いてその場に座り込む。

　お湯の中で膝を抱えながら、辛うじて言葉を絞り出していく。

「ヴィルは私のために頑張ってくれた。ヴィルがいなければ私は今頃死んでいたと思う。お前には、その、感謝しているんだ。だから……私のために負った傷を隠そうとするな。なんというか……こんなこと言うと重いと思われるかもしれんが……そういう傷は私も一緒に受けるべきものであり……だから……」

　台詞がしどろもどろになっていく。やっぱり言葉というものは人の心を正確に表すことができないらしい。これでは伝えたいことの一ミリも伝わらないだろう。というか私は自分自身が何を伝えたいのかもよくわかっていなかった。

「と、とにかくだな。ありがとうなんだ。そういうことだ。わかったか？」

　わかるわけないだろうな――と思っていたが、

「わかりました」

「……え？　わかったの？」

「コマリ様が私のことを大好きだということがわかりました」

「…………」

　なんか違うような気もするけど、まあいいか。

「コマリ様」

「なんだ」

「コマリ様は変わっていませんね」

ちらりとヴィルのほうを盗み見る。驚くべきことに彼女は少し笑っていた。

「私は平凡な吸血鬼だからな。お前や隊の連中みたいな変態とは違う」

「いえ、そういう意味ではなく……」

しかしヴィルは思い直したように言葉を止めた。釈然としなかったが、まあ、どうせ大したことじゃないと思うので気にするのはやめよう。

そのかわり、私は少し心配していたことを口にした。

「……なあ、私と一緒にいたら苦労しないか？　こんなにダメダメな吸血鬼を死なせないようにするのって、すごい大変だと思うんだけど……」

「そうでもありません。私には特殊能力がありますから」

「猛毒魔法？」

「《列核解放(れっかくかいほう)》」

なんだそれ。

「魔法とは別の力のことです。少々扱いにくい力でもありますが——とにかくコマリ様は心配しなくてもいいのです。コマリ様のサポートを大変だなんて思ったことはありませんから」

よくわからない。

「……そうか。でもさ、どうしてそんなに私に執着するんだよ。ちょっときもいぞ」

「コマリ様が一億年に一度の美少女だからです」

「それは知ってるよ。そうじゃなくてだな、そういうんじゃないんだよ。なんかもっと特別な理由があるんじゃないかって気になってるんだ」

ヴィルは少し溜息を漏らした。

わずかに間をおいて口を開く。

「私は罪を犯したのです」

「それも知ってるんだが」

「えっ、知ってたんですか……？」

「散々私にセクハラしてるだろ」

ヴィルは「なーんだ」みたいな顔をした。そこで安心する意味がわからない。言っとくけど私が公権力にチクったらお前の経歴に前科がつくのは必至なんだからな。……あれ？　これってこいつの弱味を握れてるよね？　いちごミルクの呪縛（じゅばく）から解放されてる？

「コマリ様が認識しているような罪ではありません。もっと重い罪です」

「もっと重い罪……⁉　寝てる私にイタズラしたとか……⁉」

「それは毎晩しているので違います。もっと昔の話です――私はこの重罪を償うためにメイドとしてお仕えしているのです。いずれ時が来たらお話ししましょう」

「そ、そうか……………………ん？」

なんか聞き捨てならない台詞が前半にあったような気がしたが、ヴィルの表情があまりにも憂いを帯びていたので何も言えなくなってしまった。

重罪。重罪か。彼女の真面目な態度から察するにただの変態行為ではないだろう。気になるけれど、こいつが話したくないのなら話さなくてもいい。気長に待つとしよう。

それからしばらく、二人でゆったりとお湯に浸かっていた。

珍しいことに、それ以上ヴィルが変態行為に走ることはなかった。

なんか物足りな――いやいやいやいやいや！　目を覚ませ私！　毒されているぞ！

3.5 逆さ月

帝都下級区の酒場、『暁の扉』。ほとんど客の姿も見られない静かな店内で、ヨハン・ヘルダースは苛立たしげにワインの血液割りを呷っていた。

件の決闘から一週間。

この一週間で、ヨハンの人生は百八十度変わってしまった。

テラコマリに負けた流れで隊から追放されてしまったし、もともとヨハンは放火の罪で第七部隊に左遷された身であるため、いまさら第一から第六の部隊に入れてもらうことはできなかった。つまり、軍を辞めるしか道は残されていなかったのだ。

かつては〝獄炎の殺戮者〟とまで謳われた天才ルーキーだったのに。いずれ七紅天大将軍の椅子に座ってやるつもりだったのに。あの小娘のせいで、すべてがおじゃんだ。

「はっ、気に食わねえな。――おい、もう一杯くれ」

「飲みすぎだぞ」

「いいだろ別に。金ならある」

「そういう問題ではないんだが……」

と文句を言いつつもグラスに酒を注いでいく。

この店のマスターは帝国内においても珍しい外国人——浅黒い肌が特徴的な翦劉種——である。自国の魔核の影響範囲外で死ねば蘇ることはできない。つまり、生国の外で店まで開いて生計を立てているような輩は、よっぽどの事情があるか、とんでもない酔狂か、あるいは自分の力に絶対の自信を持っているかのどれかなのだった。

ヨハンはうつろな瞳をマスターに向ける。

「なあマスター。テラコマリ・ガンデスブラッドってやつを知ってるか」

「新しい七紅天だろう。最年少の大将軍だとかで話題になっていたな」

「そうだ。だがあいつには実力も実績もない！　新七紅天にはこの僕が相応しかったはずなのに、あいつが奪いやがったんだ！」

「それは大変だったな」

「ああまったく大変だよ。これでムルナイト帝国の歴史が変わってしまったんだ。本当なら僕が第七部隊を率いて他国を燃やし尽くすつもりだったのに……」

マスターがこっそりと溜息を吐いているのにもヨハンは気づかない。彼の頭の中にはテラコマリのことしかなかった。どうやって憎き閣下を燃やしてやろうか？　どうやって七紅天の椅子から引きずり下ろしてやろうか？　——決闘で無様な敗北を喫してもなお、ヨハンはそんなことばかりを考えているのだ。

そして、こういう執念は、得てして最悪の形で実を結ぶことになる。

「それは面白い話ね」

甘ったるい声が聞こえた。

驚いて顔を向ければ、いつの間にか狐面を被った少女がヨハンの隣でグラスにワインを注いでいるではないか。

「なっ……いつからそこに」

「あら、酔いが回っているの？　私は最初からいたわ」

くすくすと少女は笑う。仮面のせいで顔がわからない。これほど胡散臭い人間もなかなかいないだろうとヨハンは思う。彼女はグラスをゆらゆら揺らしながら、

「帝国軍のヨハン・ヘルダース中尉でしょう？」

「……どうして僕の名前を知っている」

「だって有名だもの。〝獄炎の殺戮者〟さん」

おどけた口調にヨハンは眉をひそめた。この少女と話していると酒がまずくなる。そろそろいい時間だし、帰ってしまおうか――そう思って腰を浮かせたときのことだった。

「!?」

「憎いんでしょ、あの小娘のことが」

ヨハンはごくりと喉（のど）を鳴らした。少女から発せられる得体の知れない空気に呑（の）まれそうになっている自分に気づく。ヨハンは冷や汗が垂れるのを感じながら、

「お前は、誰（だれ）だ」

少女はくすりと笑い、

「私はミリセント。崇高なる〝逆さ月〟の徒」

ヨハンはぎょっとした。彼女が呆気（あっけ）なく口にした〝逆さ月〟――それは、近年六国を騒がせているテロリスト集団の名称ではないか。『死こそ生ける者の本懐』という不気味なスローガンを標榜し、各国の魔核の破壊を企てているという、あの。

「ふざけるのも大概にしろ。僕は騙（だま）されないからな」

「信じなくてもいいわよ。でもこれはあなたにとっても利益（りえき）のある話」

そう言いながら少女はワインを呷った。呷ろうとした。

グラスのふちが仮面にコツンとぶつかって動きが止まった。

「……お前こそ酔ってるんじゃないか？」

仮面で隠しきれていない耳がわずかに赤くなった。

「信じなくてもいいわよ。でもこれはあなたにとっても利益のある話」

「ん？　んん？　時間が戻った……？」

「何を馬鹿（ばか）なこと言ってるの？　やっぱり酔ってるんじゃないの？」

そう言いながら少女は仮面を外した。

切れ長の瞳が印象的な美貌があらわになった。そうして少女は今度こそワインを呷る。というかよく見ればワインじゃない。ぶどうジュースである。未成年なのだろう。

少女はグラスを置くと、ヨハンのほうをじっと見つめた。

野望に燃える邪悪な双眸(そうぼう)だった。

「あんたはムルナイトの軍人なのよね?」

「あ、ああ……たぶん、今のところは」

「皇帝の居城には結界が張られている。でも関係者のあんたなら入れるはずよ」

わけがわからなかった。

思わず硬直するヨハンを流し見て、少女――ミリセントは悪魔のように囁(ささや)いた。

「――協力しない? あの小娘には私も個人的な恨みがあるの」

4　闖入者

最近死ぬんじゃないかなって思い始めてきた。

いやまあ部下どもと接していれば死にそうになる瞬間などいくらでもあるのだが、そういう物理的な死じゃなくてストレス死とか過労死みたいなアレが現実味を帯びている。

この一ヶ月、私はロクな休暇も取ることができずに働いているのだ。

きっかけは先日の新聞である。私の凶悪な殺意（大嘘）が六国中に流布されたことによって、意気盛んな他国の大将軍どもが宣戦布告しまくってきた。

まず、決闘の五日後にラペリコ王国との再戦が行われた。先方のハデス・モルキッキ中将（チンパンジー）は私のことを嬲り殺しにする気満々らしく、前回とは比べものにならないほどの猛攻を仕掛けてきた。終盤ではチンパンジー御自ら私の本陣に乗り込んできてやつの投擲した【臭い玉】が私の頬を掠めるハプニングも発生した。ギリギリのところでメラコンシーが仕留めたからいいものの、下手すりゃ死んでいたぞあれは。

とにかくその後も戦争は続いた。

ラペリコ戦の翌日にはゲラ＝アルカ共和国戦、その次は白極連邦戦、その次は天照楽土戦

[Hikikomari the Vampire Countess no Monmon]

――どれも死ぬかと思うような激戦だったが、なんとか私が打って出る前に決着をつけることができていた。つまり、奇跡的に全勝してしまったのである。

そしてこれが新たなストレスへとつながった。

第七部隊連戦連勝の報せを受けたムルナイト帝国内では、政界・世論を問わずお祭り騒ぎに発展した。ヴィルの話によれば宮廷ではしょっちゅう私の名前が噂されているようだし、試しに新聞を開いてみれば一目瞭然、必ず私の記事が載っているのだった。しかも軍事に関することだけではなく、私の個人情報をあれこれ詮索するような内容まであるから度し難い。これまでどこで何をしていたのか、好きな食べ物は何なのか、休日にはどんなことをしているのか――とにかく私が受けた精神的なストレスは計り知れなかった。

だが、私の精神を崖っぷちまで追いつめる要因は他にもあるのだ。

宴会である。無駄にノリの良すぎる私の部下たちは、何かにつけて盛大な宴会を企画しやがるのである。実際、この一カ月で十二回ほど催しが開かれた。そのたびごとに私は胃が潰れるような思いを味わっている。もとよりコミュ力のない私に体育会系のノリが合わないのは当然のことだし、ちょっとでも気を抜いたら私のハッタリが暴かれる可能性もあるので常にピンと緊張の糸を張っておかなければならない。ビンゴ大会やラップ大会ならまだしも、殺し合い大会なんぞが始まっちまったら私はトイレに引きこもるしかないのだ。

それだけではない。

下剋上の芽を摘むには部下たちのゴキゲンを取っておく必要もある。よって私はことあるごとに慰労と称して手作りのお菓子を配り歩くハメになった。ただこれには一定の効果があったらしく、私がお菓子をあげるとやつらは「俺たちのことも気遣ってくれる閣下ヤサシー！」などと感涙に咽ぶのだ。……よかった、頑張って作った甲斐があった。

とにもかくにも、こうして戦争以外の分野でも部下たちの支持を獲得するに至ったわけだが、彼らとの距離が縮まるとまた別の問題が雨後のタケノコのように発生するのだった。

心優しい上司に親近感を覚えた部下たちは、近頃交代で私の執務室に顔を出すようになり、どうでもいい雑談をしていくようになった。最初のうちは趣味の話とか好きな料理の話とか下らない内容だったのだが、時を経るにつれ「実は進路に悩んでいまして」だの「早起きできないのが悩みでして」だの「最近魔力が伸び悩んでおりまして」だの「恋愛相談なんですが……」だの、胸中にわだかまる複雑な心境を吐き出していくようになった。ここは人生相談所じゃねえんだぞ――と言いたいところだが、部下を無下に扱うわけにもいかず、書類仕事と並行して彼らと個人面談を行うことになってしまったのである。これまでの人生経験（ぺらッぺら）をもとにした的確なアドバイス（これでも一生けんめい考えた）を年上の男性に向かってブチかますのだ。そのうち怒られるんじゃないかと思っていたが、何故かこれが大好評。私の執務室の前には毎日長蛇の列ができるようになり、他の七紅天から「ガンデスブラッド殿は変わっておられますなあ」と笑われる始末である。

そういうわけで私は最近休む暇もない。

はっきり言わせてもらおう。

「――やってられるかアホ!!」

ばーん！　と机を叩いて椅子から立ち上がると、隣に侍っていたヴィルが不思議そうに見つめてきた。

「どうしましたか？　サイン会はもうすぐ始まりますよ」

「そのサイン会っていうのもおかしいッ！　どう考えても将軍の仕事じゃないだろ！　他の七紅天を見ろ、誰一人としてこんなことやってないぞ！」

ムルナイト宮殿の大講堂。

例によって変態メイドに拉致された私は、あれよあれよという間に軍服に着替えさせられて豪華な椅子に座らされていた。烈火の如く激怒した私が理由を詰問すると、変態メイドは涼しい顔で「これからコマリ様のサイン会を行います」などとのたまったのだ。

戦争に連れていかれるのはまだわかる（いやわかりたくねえけど）、しかし何故この私がアイドルの真似事をしなけりゃならんのだ。一億年に一度の美少女だからか？

「需要と供給ですよ。他の七紅天は暑苦しい男性ばかりですが、コマリ様は天使もかくやという可憐な美少女。需要抜群です」

「んなこといったって、他にもやることがいっぱいあるんだよ。マルコが魔法の教本のオススメを聞いてくるから調べておかなくちゃだし、テレッサがお菓子のレシピを教えてくれって言うからまとめておかなくちゃいけないし、ダニーロが友人の結婚式でスピーチするらしいからその文面を考えなくちゃいけないし、ロランと奥さんが仲直りする方法もまだ思いついてないし、あとはペコルが」

「無駄な残業を背負ってますね。素敵です」

「どこが素敵なんだよ！　休暇をくれよ！」

「ご安心ください。本日は書類の上では休暇扱いですので」

「最悪のブラックじゃねーか！」

「さあ、そろそろお客様が入場してきますよ」

「え、ちょ、まっ……」

不平を唱える暇もなく大講堂の扉が開いてたくさんの吸血鬼たちが入室してきた。ええいしょうがない、ここはサイン会に専念するとしようではないか！　と気持ちを切り替えたはいいものの、心臓がばくばくいってる。やばい緊張する。吐きそう。というか、てっきり同年代の女の子ばかりかと思っていたのに意外と男性客の姿も多いぞ。ちょっと怖い。

「ほ……本物の閣下だ」「オーラが違う」「さすが最年少にして最凶の七紅天」「でも思ってたよりちっちゃいな」「それがむしろストライク」

係の人に誘導されながらファン（？）の人たちが近づいてくる。……ちっちゃいとか言ったやついるけど、普通に傷ついたからな。これでも毎日牛乳飲んでるんだぞ。いやそれはともかく、これからは将軍様モードでビシっと決めようではないか。

「あ、あの、俺ラクナって言います！　閣下のファンです！　さ、サインください！」

第一号は顔を真っ赤にした少年だった。今にも爆発しそうなほど緊張しているご様子である。まあ一応私だって七紅天だし、肩書だけ見れば恐れ慄いてしまうのも仕方がないだろう。こういう子が相手ならまだ肩肘張らずにやっていける。

私は少年から色紙を預かると、さらさらと手慣れた感じでサインを書いていった。作家デビューした時のために日頃から練習しておいたのだ。そのまま色紙を渡してやろうかと思ったのだが、ふと思い直す。いくらなんでも不愛想に突き返すだけでは印象が悪すぎやしないか？

――というわけで、私は精一杯の笑顔を作って言ってやるのだった。

「ありがとう、ラクナ君。次の戦争もきみのために頑張るよ」

「ッ⁉」

少年は色紙を受け取ると、何事かを言いたげに口をぱくぱくさせた。

おい、耳まで真っ赤だが大丈夫か？

「どうしたラクナ君。熱でもあるのか？」

「あ、い、いえ、――ありがとうございましたっ‼　さようならっ‼」

脱兎の如く走り去っていく後姿を見送りながら、もやもやとした不安が胸にわだかまるのを感じた。ヴィルが苦々しい顔をして口を開く。

「コマリ様。あまりファンをからかわれるのはどうかと」

「からかう？　何かいけないことした？」

「こいつ天然か――」ヴィルは一瞬だけ表情を引きつらせたが、すぐにいつもの無表情に戻り、「とにかくファンとの過度な接触はおやめください。――次の方どうぞ」

それから延々とサインを書かされ続けるハメになった。まったくもって遺憾である。これが作家としてのサイン会ならまだしも、世の荒くれどもの頂点に君臨する将軍としてのサイン会なのだから嫌になる。

ただ、お客さんはみんな優しい感じがして好感が持てた。「応援してます！」「頑張ってくださいね！」という真摯な声をかけてくれる人が大半だったし、「毎朝僕に味噌汁を作ってくださ い」とか「毎晩僕の味噌汁を飲んでください」とか意味不明なことを言ってくる変な人もいたけれど、おおむね和やかな雰囲気だったのでありがたい。

「閣下！　この後ぜひ拙者と愛のまぐわグュペグィ⁉」

最後のほうでいきなりヴィルが客の首を絞めて殺すという事件も発生したが、それ以外は大した問題も起きることなくサイン会は終了したのであった。

で、終了した頃にはもう夕方である。

最後の客が講堂を出て行くのを確認すると、私は机にぐでーっと倒れ込んだ。

「もうやだ。くたびれた。帰りたい」

「お疲れ様ですコマリ様。今日はもう仕事はありませんのでさっそく帰りましょう。一緒にお風呂に入って色々なところを洗いっこしましょう」

「うん……………うんじゃねえ！　間違えた！」

油断も隙もあったもんじゃない。ちなみにヨハンと決闘した日のあれ以来、こいつとは一度も一緒にお風呂に入っていなかった。翌日も当然のごとく風呂場に乱入してきたヴィルに対して「あんまりセクハラすると嫌いになるぞ！」と言ったらなぜか絶望的な顔をして引き下がったのだ。よくわからんが効果抜群だったらしい。次に何かされたらもっかい言ってやろうかな――などと考えていると、ついと耳馴染みの声が聞こえた。

「――やあコマリ。頑張っているね」

「お父さん？」

見れば、そこには真っ黒い外套を羽織った長身の吸血鬼が立っていた。

「どうしてここにいるの？　お仕事は？」

「仕事帰りさ。皇帝陛下とちょっと話していてね――それにしても」父はニンマリとした笑みを浮かべ、「サイン会、ものすごい盛況だったようだね。まさにコマリンブームといっても過言じゃない。このままいけば本当に皇帝の座を狙えるかもしれないよ」

そういやあったな、そんな話。

「やめてよ。皇帝になるつもりはないし……」

「まあまあ。今はそう思っていなくても、後で考えが変わるかもしれないし。それに陛下もコマリのことを高く評価していらっしゃるんだよ」

「え、あの変た――陛下が?」

「そうなんだよ。最近テロだのなんだので物騒だからね、ほら〝逆さ月〟ってやつ。優秀な七紅天がいると、それだけでけっこう抑止力になったりするんだよ」

「でも私、全然強くないんだけど……」

「関係ないさ。だってコマリは――」そこでいったん言葉を区切り、「――いや、なんでもない。それよりコマリ、きみの言う変態陛下から招待状が届いているんだ」

父は懐(ふところ)から手紙らしきものを取り出した。死ぬほど嫌な予感がした。

「パーティーの招待状さ。コマリ宛(あて)のね」

○

飲み会って残業代出ますかね? え? 出ない? 一銭も? もちろん振替休日はありますよね? ない? そうですか、わかりました――――――――くたばれ!!

などと心の中で絶叫したところで何も変わらないのだ。

サイン会の翌日。ムルナイト宮殿、『喝采の間』である。

私は皇帝が主催する立食パーティーに参加させられていた。広大な会場のいたるところに置かれたテーブルには豪華な料理がずらりと並び、ムルナイト帝国の貴族どもが歓談しながら自分の皿に肉を盛ったりしていた。

ところが、私はといえば会場の隅っこでぽつりと立ち尽くすのみである。

右隣には変態メイドのヴィル。

左隣には狂犬殺人鬼のベリウス・イッヌ・ケルベロ。

ヴィルはともかく何故ベリウスがいるのかといえば、皇帝陛下から部下を二人連れてくるようにとのお達しがあったからだ。普通に考えればいちばん階級の高いメラコンシーを誘うべきなのだろうが、あいつは少々個性的なお方なのでやめた。色々考慮した結果、消去法でベリウスに決定したというわけである。こいつも殺人犯だけど。

とにもかくにも、すっかりめかし込んで（めかし込まされて）パーティー会場に来たはいいものの、私は飛車角よろしく二人の部下を侍らせたまま、壁際でちびちびと牛乳を飲むことしかできずにいた。理由は単純明快。コミュ力がないから。

「――閣下、我々はどうすればよいのでしょうか」

ベリウスも困ったような表情を浮かべている。私はグラスの中身を飲み干してから犬頭を横目で見上げた。

「お前はこういう場所は苦手かね？」

「……はい、正直言って苦手です。上流階級とは無縁の生活を送ってきましたので」

そういえば、こいつの履歴書には下級区出身と書いてあった気がする。

ベリウスは忌々しそうに舌打ちをして、

「……貴族という連中は自分のことしか考えていない。我々下層の民のことなど虫ケラのようにしか思っていないんです――あ、いえッ、閣下は別ですが」

なるほど、色々あったんだな……。

「安心したまえ、お前に危害を加えようとする輩がいたら私が追い払ってやる。これでもうちは帝国でも一、二を争うほどの名家だからな。ガンデスブラッドの家名でおどかしてやれば、チンケな貴族など裸足で逃げ出すだろう」

「いえ。閣下のお手を煩わせるわけには……」

「遠慮するんじゃない。私はお前の上司なんだからな。――それに、そう卑屈になることもないぞ。今この瞬間はお前の努力の賜物に相違ない。帝国軍に入り、第七部隊の一員として戦果をあげ、皇帝主催のパーティーに招待される――こんなことは普通の吸血鬼にできることではない。誇っていいぞ」

「か、閣下……」

ベリウスは感激したように私を見下ろした。……なんか偉そうなこと言ってるようで申し訳なくなってきたな。

「まあ、慣れぬうちは黙って料理でも食べていればいい。そのうち誰かが話しかけてきてくれるだろうさ。それとも私とお話するか？」

「では私と猥談をしましょう。コマリ様の弱点はどこですか？　私はおへその下の――」

「お前は黙ってろ！　人がたくさんいるんだぞ⁉」

「では二人きりの時にゆっくりじっくりと……」

「もういいよっ！　私はベリウスと話すからっ！」

　私は変態メイドから目を背けてベリウスのほうに向き直った。さあ、歓談しようじゃないか。他の人たちから「あいつぼっちじゃね？」って思われないように。お前が相手なら私もそこそこ話せる気がするからさ。だって犬だし。ペットみたいだし。

「……話すと言われても、何を話せば」

「何でもいいぞ。明日の天気とか、マイブームとか、好きなお菓子とか」

「では現在の六国の勢力バランスについてご意見を賜りたいのですが」

「せ、勢力バランス？」

「特に最近調子づいているゲラ＝アルカ共和国についてお聞かせいただければと」

「ああー……ゲラ＝アルカな。うん。あそこはエビフライが美味しいって聞くぞ」

「いや、そういうことではなく……」

ベリウスが何やら言いかけたそのとき、甲高い少女の声が聞こえた。

「ややや、麗しのコマリよ！　楽しんでいるかね？」

嫌な予感を覚えながら振り返る。そこに立っていたのは、月光のような色をした髪と瞳が印象的な空前絶後の美少女である。まとう衣服は豪華絢爛、服の下から盛り上がる胸のサイズも豪華絢爛、それでいて身長は私とそんなに変わらないという希少存在。

私にキスした張本人、ムルナイト帝国の変態皇帝である。

ヴィルとベリウスが恐縮したように膝をついた。私も慌てて屈もうとしたのだが、何故か変態皇帝に両肩を摑まれ止められた。

「よせよせ、今日は無礼講だぞ。それに朕とコマリの仲だ。実のない礼儀作法など軒並み取り払われて然るべきなのだよ」

「そ、そうなのか？」

「そうなのだ。ふふ、朕のことは『レンちゃん』って呼んでくれても構わないぞ？」

近い。近いよレンちゃん。あと肩をさわさわするのやめて。鳥肌立っちゃう。

私は助けを求めるように左右を見た。ベリウスは忠犬のように沈黙している。ヴィルはものすげえ顔をして震えている。……いや、なんで？　まさか嫉妬？

「ときにコマリよ。七紅天の仕事はどうかね？」

「どうと言われても」

「聞くまでもないか。きみは就任してからわずかの期間で天仙郷を除く四カ国を打ち破ったのだ。まさに破竹の勢いだな。かような七紅天は見たことがない」

どう考えても運が良いだけである。

「今日はきみの功績を讃えてパーティーに招待したのだよ。ほらほら、好きなだけ飲んで食べたまえ。朕が取ってやろうか？　夏野菜のヘモグロビン和え、鰐肉の血液煮、１００パーセントの血液ジュース——ああ、きみは血が駄目だったな。ならばあっちのテーブルへ行こうじゃないか。無血料理がたくさんある。さあさあさあ」

皇帝は躊躇なく私の腕に絡みつくと、馬みたいな力でぐいぐいと引っ張ってきた。談笑する貴族たちの合間を縫って反対側のテーブルを目指す。この人と会話をしたのは久しぶりだが、相変わらずエキセントリックな御仁である。正直言って苦手だ。それにしてもでかい。さっきから私の腕に胸が当たりまくっている。どうしてこんなにでかいんだろう。普段何を食べてるのかな。やっぱり血だろうか。くそやろう。

「——ふふふ。実はね、朕は安心しているんだよ」

皿にソーセージを山の如く盛りつけながら、皇帝は声を潜めて言った。

「きみは三年前からずっと引きこもっていた。あのままでは社会復帰は難しいのではないかと思っていたが、父君の賭けは成功したみたいだな」

「賭け？」

「うむ。きみを強制的に七紅天にすることで外に出すという賭けだ。普通、引きこもりを無理矢理連れ出したら大変なことになるだろう？　泣いたり暴れたり、ひどい時には親に襲いかかったり。……だが、きみはそうなってはいない」

　それはそうである。泣いたって暴れたって意味はない。私のお腹（なか）には契約の証（あかし）があるのだ。七紅天の責務を放り出したら爆発して死ぬっていう、最低最悪の契約の証が。そしてその証をもたらしたのは――他でもない、目の前のこの少女なのだ。

「勝手に契約をした朕を恨んでいるか？　まあこれはきみの父君に頼まれたことなんだがな。ウン千万も積まれては断るわけにもいくまい？」

　そんな裏のやり取りがあったのかよ⁉　完全に汚職事件じゃねえか⁉

　恐るべき水面下のやり取りに恐怖を抱いていると、皇帝はふっと表情を和らげた。

「いや、どうやら恨んではいないらしいな。コマリの瞳はムルナイトの宵闇（よいやみ）のように澄んだ紅色をしている。きみは今の生活が楽しいらしい」

「えっと……」

　おもむろに皇帝が手を伸ばしてきて、なぜか私の下腹部に添えた。しかも服の上からすりすりと優しく撫（な）でてきやがる。

「もうコマリ一人の身体ではない。意味、わかるか？」

　わからねえよ。訴えるぞ。

「きみには信頼できる部下がたくさんいるということだ。否——部下だけではない。帝国にごまんといるコマリストはもちろん、このパーティーに出席している連中にしたって、実はさっきからコマリと言葉を交わしたくてウズウズしているのだ。主催者たる朕よりも先にアプローチを仕掛けるわけにもいかんから、我慢していたのだろうな」

ちょっと待て。コマリストって何だよ。そいつらめちゃくちゃ困ってそうだぞ。

いやいや、そんなことよりも——

「私が、一人じゃない?」

「そうだ。もとよりきみが一人だった期間など一日たりともないが——今はたくさんの支援者がいる。おどおどする必要はもうないのさ。はい、あーん」

差し出されたウインナーをしゃぶりながら、私は困惑を隠せずにいた。

ごくりと肉のかけらを呑み込んで、

「……どうしてそんなに心配してくれるんだ?」

皇帝は一瞬きょとんとした。

「あっはっは。至極もっともな質問だな。いいだろう、驚愕の事実を教えてやろう。朕がきみを目にかける理由——それは、きみが朕の恋人だった者の娘だからだ」

私はぽかんと口を開けてしまった。しかし皇帝は慌てて首を振る。

「ああいや、恋人というのはきみの父君のことじゃないぞ?」

「ってことは」

「昔、朕ときみの母君は将来を誓い合った仲だったのだ」

「…………」

意味がわからんのだが？　うちのお母さん何やってたの？

「とはいってもアルマンの馬鹿野郎に――つまりきみの父親に寝取られてしまったがね。まったく、ユーリンのやつも不義理なもんさ。朕という者がありながら他の男にうつつを抜かした挙句の果てに心も身体も奪われてしまうなんて」

生々しいよ。聞きたくねえよ。

「それにしても――コマリを見ているとユーリンを思い出すなあ。きみが成長すれば、あいつみたいな美人になるのかな？　いやあ楽しみだねえ楽しみだねえ」

変態皇帝は変態的な手つきで私のお尻を撫でた。

やっぱり変態メイドの比じゃないほどの変態具合である。

戦々恐々としていると、皇帝は不意に私から離れて「冗談」と笑った。

「合意なしの行為は好かぬ。以前きみにチュウしたというのも嘘だ。朕は寝ているきみに何もしていない。契約の方法なんて他にいくらでもあるからな」

くるりと踵を返し、

「話を戻すが、とにかくコマリは一人じゃないんだ。朕のようにきみを慕う人間はたくさんいる。だから――間違っても自暴自棄になるなよ。三年前のようにな」

　ではパーティーを楽しんでくれたまえ。

　皇帝はそう言い残し、優雅な足取りで去っていった。

　彼女が放った言葉の意味を考える暇もなかった。それまでチラチラと私たちの様子をうかがっていた会場の貴族どもが、待ちわびたと言わんばかりの勢いで詰め寄ってきたのだ。「ごきげんよう大将軍」「お会いできて光栄です！」「前回の戦争では大変なご活躍でしたなあ」「これからも期待していますぞ」「うちの息子を第七部隊に入れてやってくれませんかね？」「よろしければうちの息子と見合いの席を」――

　高貴な方々にもみくちゃにされながら、私は妙な居心地の悪さを感じた。

　確かにこの人たちは私に興味を持ってくれている。しかし、それは私が七紅天として申し分ない実力を備えていると思っているからこそのこと。第七部隊のみんなや国民にしたって、私のことを強いと勘違いしているから慕ってくれているのだ。

　皇帝は私をのことを一人じゃないと言った。

　でも、テラコマリ・ガンデスブラッドの真の姿がバレたとき、私のもとには何人の吸血鬼が残ってくれるのだろうか。

　そこでふと、自分が有り得ない思考をしていることに気づく。

　何を血迷っているテラコマリ・ガンデスブラッド。私は孤高を好む芸術家であり、自室に引きこもって本を読んだり書いたりできればそれで満足だったはずではないか。他人にどう思われようが知ったことではない——下剋上云々は別として。

そう、私は自他ともに認める引きこもり吸血姫なのだ。

三年前のあの日から、三年後の今日に至るまで、ずっと。

「——テラコマリ。私ともお話をしてくれる？」

不意に名前を呼ばれてびくりとする。

狐面(きつねめん)である。珍妙な狐面をかぶった女の子がこっちを見ていた。

なんだこの人。浮いてるってレベルじゃねえぞ。

「え、えっと……どちら様？」

「通りすがりの大貴族よ。文句ある？」

「べつにないけど……」

妙に棘(とげ)のある口調だった。正直言って不審者にしか見えない。しかしこのパーティー会場には結界が張られているらしいので、ここに出入りできているという時点でそんなに警戒する相手でもないのだろう。

というわけで将軍様モードである。

「うむ。そうだな。一緒に歓談しようじゃないか。なーに、遠慮することはない。今宵は無礼講、堅苦しい挨拶(あいさつ)なしで語り合おうではないか」堅苦しい挨拶のしかたも知らんし。

狐面は「きゃははは！」と笑った。ちょっとびっくりした。

「面白い。面白いわねえ。噂通りに自由奔放な振る舞いだわ。——やっぱり、部下たちにも自由な裁量権を与えているから戦争にも勝てるのかしら？」

「む……？　いや、その、まあ……そうかもしれんな」

「そんなに部下を信頼しているの？　あの変態集団のことを？」

「信頼しているわけじゃないが、あいつらはアホほど血の気が多いんだ。放っておいてもどんどん敵を殺してくれる」

「あんたが動かなくても？」

「ああ」と頷いてから慌てて付け加えた。「——いや、私が動けば一瞬で勝利を掴むことができるのは火を見るよりも確定的に明らかな事実だが、それでは面白くないだろう？」

狐面は「ふーん」と興味なさそうに呟いた。

「そこまで考えてるんだ。確かに現代の戦争は国威宣揚の場にすぎない。言ってしまえば観客を楽しませるエンターテインメントね。あんたが動いたら華麗で痛快で一方的な虐殺ショーが始まっちゃうんだろうけど、それじゃあつまらないもんね」

「そうそう。それが大変なところなんだよ。見栄とか客受けとかを気にせず問答無用で殺戮できるようなら楽なんだけどなあ、わははは」

「まったくその通りよ。敵を殺すための殺し合いではなく、自国の力を誇示するための殺し合いなんて、戦争を侮辱しているとしか思えないわ」

……ん？　会話つながってるか？

「ま、まあ確かにそういう考えもあるな」

「そうよ。そして最も戦争を侮辱しているのは――テラコマリ、あんたなの」

「へ？」

「私はあんたの生き様が気に食わない。あれだけのことをしておきながらどうして平気で七紅天なんかやっているの？　どうしてお天道様のもとを歩けるの？　周りからちやほやされるのがそんなに楽しいの？」

何を、

「お前みたいなやつがいるから世の中が腐っていくのよ。私だってそうだった。お前さえいなければ、お前さえいなければ今頃――いやそんなことはどうでもいい。私は今の境遇に満足している。国を追われて〝逆さ月〟に入ることは私の宿命だった」

何を言ってるんだ、こいつは……？

「あ、あの」

「あらごめんなさいね。私の名前はミリセント・ブルーナイト。あんたに三年前の借りを返しにきたの」

少女がいきなり仮面を外した。

明らかになったのは——忘れたくても忘れられないあの顔だった。

ミリセント。私が引きこもることになった元凶。

にわかに青いスカートが翻り、わけもわからず硬直しているうちに彼女が一歩踏み込んできた。右手に銀のナイフを出現させて。

「——閣下ッ！」

突然横からタックルを食らい吹っ飛ばされた。テーブルの上を転がって山盛りのミートソーススパゲッティに頭から突っ込み、死ぬ思いで体勢を立て直した瞬間、私は目を疑うような光景を見た。

少女のナイフがベリウスの脇腹に突き刺さっていた。

「残念。外してしまったわ」

「……ぐ、があッ、…………、」

傷口からぼたぼたと血が垂れて床に赤い水溜まりを作っていく。周囲から悲鳴があがった。わけがわからない。何が起きているんだ。あんなにいっぱい血が——紅い血が。

「コマリ様！　伏せてくださいっ！」

ヴィルが叫んだ。魔法ド素人の私でもわかるほどの魔力が渦を巻き、彼女の手から無数のクナイが飛んでいった。少女は口元に薄ら笑いを浮かべると、ベリウスからナイフを引き抜いて猿のように飛びすさる。狙いを外したクナイが料理やテーブルやパーティー参加者に突き刺さり、突き刺さった部位から徐々に毒々しい紫色が侵食していって、料理やテーブルやパーティー参加者がバラバラに分解された。あまりの恐怖に涙が出そうになった。

「おー、怖い怖い。当たったら死んじゃうじゃない」

「次こそ当ててみせましょう」

「無理よ。だって私はあんたより強いもの」

少女は笑う。にやにやと底意地の悪そうな笑みを浮かべている。

なんだこれは。なんなんだこの状況は。

私、殺されそうだったの？　ベリウスが庇ってくれたの……？

「だ、誰かあの者を捕えろ！」「侵入者だ！」「警備の者はどうしたのだ⁉」「こんなことは初めてだぞ⁉」「いったい我々はどうすれば」

貴族どもの悲鳴と怒号に満たされた会場のど真ん中で、しかし侵入者の少女は涼しい顔をして立っていた。

私は途方もない怖気を覚えた。

ミリセントは三年前と少しも変わっていなかった。平気で他人を傷つけて、どんなに他者から非難されようともヘラヘラ笑って省みない――そういう邪悪な気質。

「――おい下郎。朕のパーティーを台無しにするとは惚れ惚れするほど豪胆だな。死ぬ覚悟はできているか？」

「うるさいわね皇帝。べつに台無しにするつもりなんか全然ないわ。私は――そう、あんたを殺して、アルマン・ガンデスブラッドも殺して、そしてそこで無様に震えているテラコマリを殺せればそれで満足なんだから」

ミリセントがこっちを向いた。

心を抉(えぐ)られるような気分になった。

あの瞳。あの底なし沼のように濁った瞳。あいつのせいで、私はこの三年間――

「話の通じぬ馬鹿は殺すしかあるまい。死んでおけ」

皇帝の指先が淡く光り始める。ミリセントは哄笑(こうしょう)しながら大ジャンプすると、私のすぐ隣に着地した。獲物を狙う蛇のような視線に射竦(いすく)められて、私はぴくりとも動けない。

「コマリ様！」

「チッ……人質とは卑怯(ひきょう)な」

ヴィルも皇帝も手を拱(こまね)いている。ミリセントは私の首筋に銀のナイフを突きつけると、そのまま容赦なく斬(き)りつけ――なかった。首の薄皮に刃をめり込ませたまま、それ以上は何をする気配もない。やがてミリセントは興醒めしたように鼻で笑い、

「――つまらない。こんなに呆気(あっけ)なく終わってしまったらつまらないわ。私は本気のあんたと殺し合いをしたいのよ」

「ど、どういう、こと……」

「お前に私の気持ちがわかってたまるか。……とにかくまた来るわ、テラコマリ。次は殺してあげる。魔核(まかく)で蘇(よみがえ)ることもできない正真正銘の死を味わわせてあげるから――」

楽しみにしていなさい。

ミリセントは邪悪に微笑むと、左手をかざして魔法を発動した。それが攻撃系の魔法ではないとわかった時には何もかもが遅かった。

「空間魔法か！　逃がさぬぞ狼藉者め！」

皇帝の放った雷撃がミリセントの脳天を貫く直前、彼女の姿は幻のように消えてしまった。行き場を失った雷撃が四方八方に飛び散ってパーティー会場を破壊していく。何人か脳天を貫かれて死んでいたが、そんなことを気にしている余裕はなかった。

珍しく血相を変えたヴィルが私を助け起こしてくれる。

「コマリ様、お怪我(けが)はありませんか」

「あ、ああ、私は、大丈夫だけど、ベリウスが……」

犬頭の獣人は気を失って倒れていた。しかしヴィルはにこりと笑い、

「心配ご無用です。魔核があれば放っておいても蘇りますから――」

「そう、だけど」

――また来るわ、テラコマリ。

スパゲッティを頭に乗せたまま、私は途轍(とてつ)もない悪寒を感じて震え上がる。

すべての歯車が狂い出すような、そういう嫌な予感がした。

ミリセント・ブルーナイト。

どうして。どうしてあいつがここにいるんだろう。私はなんにも悪いことをしていないのに。どうしてあいつはまた私をいじめにくるんだろう。どうして――

「コマリ様……?」

私は答えることができなかった。心の奥底の、三年前に封印したはずの、絶対に開けてはいけない扉が音を立てて開いていく。

5　引きこもり吸血姫の闇

Hikikomari the Vampire Countess no Monmon

「――〝逆さ月〟を撃滅しましょうッ！　今すぐにッ！」

どんっ！　と机に叩きつけられた拳を見下ろして、変態メイドことヴィルヘイズは内心で大きな溜息を吐いた。

七紅府最上階、ガンデスブラッド大将軍の執務室である。

ただし当の将軍の姿はない。

黒光りするテーブルを挟んで相対しているのはヴィルヘイズとカオステル・コント。その他に人影は見当たらなかった。ちなみに部屋の外では閣下を心配した第七部隊の連中が押し合いへし合いをしているため、今にも扉がぶち壊れそうである。

カオステルが興奮気味に口を開いた。

「――やつらはムルナイト帝国に牙をむく犯罪者です。必ず罰を下さねばなりません」

「しかし、彼らのアジトは未だに見つかっていませんよ。六国が協力して何年も調査しているにもかかわらず、です」

「だったら我々で見つければいいでしょう。それともなんですか、やつが再び攻めてくるまでのんびり待っていろと？　そんな悠長なことを言ってられる場合ですか？」

無理もない――一週間ほど前、皇帝主催のパーティーに突如として現れたミリセントと名乗る女は、コマリに襲いかかった挙句、コマリ隊の幹部・ベリウスを昏倒させたのだ。

そう、昏倒。

本来ならば魔核の力でもってただちに蘇るはずなのに、ベリウスはあれから一週間経った今でも目を覚まさない。それどころかナイフで刺された傷口も回復していなかった。

これが何を意味するのかと言えば、金髪巨乳美少女の皇帝曰く、

「やつは神具を使ったのだ。魔核の効果をキャンセルできるのは、魔核と同格の神具しかありえない。ゆえにかの狼男が助かる道は、魔核の補助ナシで、つまり自力で回復することだけであろう」

大昔、まだ魔核が存在しなかった時代では〝医者〟なる輩が社会的地位を獲得していたらしいが、どんな傷でもすぐに治ってしまう現代ではそんな職業など商売あがったりである。ゆえに帝都であっても医者はほとんどおらず、いたとしても古代のそれとは比べものにならないほど腕が悪いため、結局ベリウスは自力で回復することを強いられているのだった。

目の前のカオステルは、そんなベリウスの弔い合戦を望んでいる――というのもあるだろうが、おそらく彼を突き動かしているのは怒りだ。愛しの閣下にスパゲッティをぶちまけたテロリストに対する怒り。

「だいたい宮廷は何をやっているんですか！　テロリストが国の中枢まで侵入したんですよ⁉　これが国難でなかったら何だというのです！」

「宮廷は朝から晩まで会議を重ねています。そうしなければならない理由があるのです」

「なんですか、その理由とは」

「工作員が潜んでいるかもしれないのですよ」

「工作員……？」

　カオステルは怪訝な目でヴィルを睨んだ。

「パーティー会場に転移門が構築されていたそうです。空間魔法がお得意の中尉ならご存知でしょうが、【転移】は予め二つの門を作っておかなければ発動できません。つまり、事前に会場に忍び込んで門を仕掛けた者がいるということです。こんなことは外部の者にはできません。ちなみにもう一つの門は帝都下級区の路地裏にあったそうです」

「なるほど——つまり宮廷の連中は、紛れ込んだ工作員を炙り出すと同時に、他にも門がないか捜索しているわけですか」

「ええ、だから慎重に話し合っているのです」

「愚かしいッ！」カオステルはニワトリのような叫び声をあげ、「スパイがいるから何だというのです⁉　圧倒的な武力でねじ伏せてしまえば万事解決ではないですか！」

「はあ……あなたも存外脳筋ですね」

「熱さと冷静さは使い分けるべきものです。そして今こそ燃え上がるとき！　さっそく隊員を集めて行動を開始しましょう！　まずは帝都周辺を――」

「命令違反ですよ、コント中尉」

うぐ、とカオステルは言葉を詰まらせた。

「コマリ様は『私が帰ってくるまで待機していろ』と仰ったのです。勝手に動けばあなたの首が色々な意味で飛びます」

「わ、わかっていますが――では、閣下は現在どこにいらっしゃるのですか？　今すぐにでも謁見して出動の許可を頂きましょう」

「敵情視察だそうです。場所は側近の私にも教えてくれませんでした」

「そうですか……いや待ってくださいヴィルヘイズ中尉。聞き捨てなりませんね。側近はこの私、カオステル・コントのはず」

「あなたはコマリ様の下着の色を知っていますか？」

「!? !? !?」

「知らないでしょう。よって側近は私です。――とにかく、コマリ様から何らかの連絡があるまで絶対に動いてはいけません」

「……しかし、閣下は本当に帰ってくるのでしょうか」

「どういう意味です」

「コマリ隊は風前の灯火(ともしび)です。ヨハンは軍を去り、ベリウスは意識不明の重体。メラコンシーにいたっては有給使って海外旅行に行ってしまいました。このまま閣下までいなくなってしまったら――」

ヴィルは「なるほどな」と思った。なんだかんだで、この男も不安なのだ。

「――大丈夫ですよ。あのお方は皇帝陛下が認められた大将軍。天を紅に染める希代の英雄なのですから。部下を見捨てるようなことは、絶対にありません」

と言ったはいいものの、実際に第七部隊は崩壊寸前であった。

コマリが単身で敵情視察？　寝言は寝て言え。あの少女にそんな勇気があるはずなかろう。それでもヴィルが寝言を吐き続けるのは、第七部隊の連中にコマリの偉大さを印象づけるため、彼らの忠誠心をいっそう高めるためだ。

七紅府を出たヴィルは、そのまま馬車に乗ってガンデスブラッド邸を訪れた。通用口から屋敷に入り、勝手知ったる調子で階段をのぼり二階を目指す。それから廊下をしばらく歩くと、目的の部屋が見えてきた。破壊された扉の前で立ち止まって「コマリ様」と呼びかける。当然のように返事はなかった。

「……コマリ様、失礼致します」

何気ない歩調で部屋に足を踏み入れる。

部屋は暗い。床に散乱しているのは読みっぱなしの本だった。片づける気力も起きないのだろう。

深呼吸をしてから、再び彼女の名前を呼んでみる。

「コマリ様、具合はいかがですか」

「――ヴィル？」

ベッドの中でもぞもぞと動く気配。

反応があったことに安堵しつつ、ヴィルは優しく語りかける。

「みんな心配しています。少しでもいいので部屋を出ませんか」

「いやだ」

きっぱりと断られてしまった。

「私が出て行ったって殺されるだけだ。非力で覇気もない劣等吸血鬼に居場所はない。引きこもっているのがお似合いだ」

「そんなことはありません。コント中尉もあなたに会いたがっていましたよ」

「知ったことか！　あいつだってきっと私に幻滅しているさ！　七紅天のくせして無様にスパゲッティまみれ！　ベリウスを守ることもできなかったんだ！」

ヴィルは息を呑んだ。この少女はそんなことを気にしていたのか。

「コマリ様……」

「そ、それに――ここから出たら、またあいつが、……」

あいつ。考えるまでもない。〝逆さ月〟ミリセント・ブルーナイトのことだ。かつてのコマリの同級生にして、コマリを苛めて引きこもりに追いやった張本人。

ヴィルは小さく息を吐くと、観念したように「わかりました」と呟いた。

「では、気が変わるまでお待ちしています」

失礼しました――軽く一礼をしてヴィルは部屋を後にする。

コマリはあれから一週間近くも引きこもっていた。ミリセントに襲われたことでトラウマが蘇ってしまったのだろう。あるいは溜まっていたストレスが爆発したか。いずれにせよ好ましくない状況なのは確かだった。料理を作ってもあまり食べてくれないし、調子が悪いときには口も利いてくれないのだ。

廊下の角を曲がったところで、コマリの父親と出くわした。

「やあヴィルくん。やっぱり駄目そうかね」

「……はい。申し訳ありません」

父親は困ったように頬を掻いた。

「そうか。まあ仕方のないことだろう。まさかあの娘がこんな形でコマリの前に現れるとは誰も予想していなかったからね――いやあ、しくったなあ」

「はい？」

「ミリセントさ。あれは三年前にコマリを苛めていた吸血鬼だが、当時の私はそれがどうしても許せなくてね。彼女の一族郎党に国家反逆の濡れ衣を着せて国外追放してしまったんだ。それがテロリスト集団に入って復讐しに来るとはねえ。困った困った」

「…………」

「まあそれはそれとして、コマリのことは頼んだよ。あの子は気弱で繊細で——何より優しすぎる。きみがついていないと生きていけない」

「……かしこまりました」

「うん。それじゃ、私も仕事があるから」

よろしくねヴィルくん——諸悪の根源はそれだけ言い残すと、ゆったりとした足取りで去っていく。その黒い後姿を見つめながら、ヴィルは決然とした思いで拳を握る。

☆

きっかけは些細なことだったと思う。

何でもないふとした拍子にミリセントの反感を買い、気づいたときには取り返しのつかないことになっていた。

班行動や魔法演習のときに無視される程度ならまだいい。

しかしミリセントの仕打ちはどんどんエスカレートして、私のいないところで陰口を叩くようになり、私のいるところで暴言を吐くようになり、私の目の前で私の私物を破壊するようになり、しまいには私に直接暴力を振るうようになった。

それでも私は必死で耐えてきた。

帝国に名高いガンデスブラッド家の娘が、まさか学院で同級生からイジメを受けているなど、そんなことはあってはならなかった。親戚や他の貴族連中に知られたらガンデスブラッド家は大恥をかくことになってしまう。だから私は誰にも相談せず、ただただ我慢した。無視されても、靴を隠されても、教本に落書きをされても、お昼ご飯に雑巾(ぞうきん)をかぶせられても、机に枯れた花を生けられても、ひとりでこっそり泣くことがあっても——それでも私が屈することはなかった。

こいつらは他者を傷つけることでしか喜びを感じられない可哀想(かわいそう)な人たちなんだ。

そう思って耐え続けてきた。

ところが、限界はすぐに訪れてしまった。

あれは確か、ちょうど三年前の夏だったと思う。いつものように空き教室に私を呼び出したミリセントたちは、開口一番にこんなことをのたまったのだ。

——ねえ、そのペンダント、貸してくれない？

もちろん私は断った。

今でも首から提(さ)げているこのペンダントは、現代の魔核社会において世にも珍しい〝事故死〟

を遂げた私の母親――ユーリン・ガンデスブラッドの形見だったからだ。

ミリセントは珍しく抵抗する私を面白（おもしろ）がった。取り巻きどもに命令して私を羽交い締めにすると、面白いオモチャでも見つけたような顔をして手を伸ばしてくる。

そうして、私は切れてしまった。

窮鼠（きゅうそ）猫を嚙（か）むとはこのことだろう。羽交い締めしていた女生徒の顔面に後頭部を打ちつけて戒めを脱すると、私は涙を流しながら逃げ出そうとした。が、瞬時にミリセントの魔法が発動して（たぶん重力系の魔法）すっ転んでしまう。

――よくもやってくれたわね。見なさいよ、この子、鼻血が出てしまったわ。

悪意と怨恨のにじむ表情に、私はぞっとした。

――そうねえ、小指一本で許してあげてもいいわよ？　きゃははは！

小指を差し出せ、というのはイジメの定番だ。比喩でもなんでもない。気弱ないじめられっ子は、本当に自分の小指を切り取っていじめっ子に手渡さなければならないのだ。

とにかく、小指の切断を拒否した後のことは覚えていない。

一方的に殴られたような気もするし、少しは根性を見せてあいつに流血させるくらいのことはしてやったかもしれない。とにもかくにも、気づいたらボロボロになって家のベッドに寝かされていたのである。

身体の傷はどうでもいい。すぐ治るから。

どうにもならないのは、心だ。

ミリセントに心の奥深くまで抉(えぐ)られた私は、その日を境に学院へ行くのをやめた。それまで必死で堰(せ)き止めていた恐怖とか不安のようなものが、一気に溢(あふ)れ出してきて足が動かなくなってしまった。

その後の流れに特筆すべきことはない。

事件から三年、私はずっと部屋に引きこもっていた。

外に出ることもせず、誰とも関わらず、ひたすら孤独な活動を——本を読んだり書いたり、そういう下らないことをしていた。

引きこもっているうちに、だんだんと心の傷が癒(い)えていったのは確かである。

父と皇帝はそれを見計らったのだろう。彼らの策謀によって私は七紅天となり、引きこもる前までとはいかないが、外に出て普通に活動することができるようになった。昔のことも忘れて——いや、忘れるというよりも記憶を封印することによって、まるで何事もなかったかのように人と言葉を交わすことができるようになったのだ。

しかし、それも終わりだ。

ミリセントが来てしまったから。

また、あの暗くて寒い日々に逆戻り。

「…………」

私はイルカ型の抱き枕（まくら）にしがみつくと、これから自分の身に降りかかるであろう最悪の展開を予想して無様に震えた。最近は七紅天だ何だと言って調子に乗っていたけれど、私の本質はどこに出しても恥ずかしい引きこもりなんだ。

だから、私はもう外に出ない。

そう決めた。

それから三日が経った。

ミリセントが訪れる気配はない。だからといって気が休まるはずがなかった。むしろ神経が過敏になっているようで、ちょっと物音がするごとにビクリと肩が震えてしまう。

三度の食事はヴィルが運んできてくれた。

部屋を出入りするたびに何事かの言葉をかけてくれるが、以前のようにセクハラをする頻度が極端に減った。たとえば、

「コマリ様、夕餉（ゆうげ）のメニューはオムライスです。お好きでしょう?」

「コマリ様、今日はとってもいいお天気ですよ。一緒にお散歩でもしませんか」

「コマリ様、面白い本を見つけたので読んでみてください。私のおすすめです」

こういう毒にも薬にもならないセリフを残していくのだ。

ただしヴィルの言う「面白い本」が猥褻（わいせつ）な雑誌だったことから察するに、彼女には根本的に

ズレている部分があるのかもしれない。

とにかく、気分が向いたら返事をしてやったが、向かなかったら地蔵のように黙り込んでやった。しかしそれでもヴィルはめげずに話しかけてきた。

いったいこの少女は何を思って私なんかに構うのだろうか。憐れみ？　同情？　それとも私が金持ちの娘だから？　いっぱい給料をもらっているから？

そういえば、以前こいつは「重罪を犯した」みたいなことを言ってたっけ。

「コマリ様、小説の新作は書かないのですか？」

「…………」

「そうですか。では完成したら見せてください」

ぺこりと一礼してヴィルは部屋を後にした。

扉がブチ壊されているため、廊下の向こうに遠ざかっていく彼女の後姿が見える。

いったい、彼女は何者なんだろう。

☆

帝都でもっとも高い建築物――アルトワ広場時計塔の天辺に屹立しながら、カオステルは意志に燃えていた。同胞たるベリウスを討ち、敬愛する閣下にスパゲッティをぶちまけた憎き女を絶対に捜し出してやろうという確固たる意志に燃えていた。

しかし状況は難航していた。

パーティーの一件からもう二週間近く経たんとするのに、未だに下手人の情報は摑(つか)めていない。それどころか敵方にまったく動きが見られないものだから、宮廷内部には弛緩(しかん)した雰囲気が漂いつつあった。

とある大臣様曰く、「あれっきり敵も攻めてこないし、まあいんじゃね？」

この国の首脳部はアホなのか。

「閣下……」

カオステルは胸ポケットから一枚の写真を取り出した。愛しの閣下がスク水姿で恥ずかしそうに頬を染めている写真である。何度お世話になったかもわからない。

「どこへ行ってしまわれたのですか、閣下」

パーティーでの一件以来、愛しの閣下は第七部隊に顔を見せていなかった。ヴィルヘイズ曰く閣下は敵情視察をしているらしい。が、どうにも怪しい。あのメイドからは何かを隠しているような気配がする。

「閣下……申し訳ありません閣下……」

カオステルは懺悔(ざんげ)した。

例のテロリストは狐面(きつねめん)の少女だったのだ。先日遭遇したときに生け捕りできていればこんな事態にならなかったはずである。つまりこれは自分の責任なのだ。自分の責任は自分で取らなければならない。だが取る方法が皆目見当もつかない。

というわけで、独自に閣下の居場所を調べさせてもらうとしよう。

写真を胸ポケットにしまうと、カオステルは空間魔法【異界の扉】を発動。何もない場所から小さな木箱を取り出す。その木箱から出てきたのは一本の髪の毛だった。カオステルが秘密裏に採取した、閣下の金髪である。

この金髪を使用すれば閣下の居場所を突き止めることができる。具体的に言えば――空間魔法【引力の網】を帝都全域に張り巡らせることによって、髪の毛と同じ形質を持った吸血鬼の居場所を特定することができる。

しかし。

【引力の網】を使用する際、髪の毛は魔力に変換されて消える。つまり、閣下を見つけたければ髪の毛を手放さなければならないのだ。何度も何度も閣下の通った道を這いつくばって、やっとのことで発見できた至高の一本だというのに。

「……背に腹は代えられないか」

仕方がない。我慢しよう。入手するチャンスは今後もあるはずだ――そう自分に言い聞かせると、カオステルは眼下に広がる帝都の風景に向かって魔法を発動する。

空間魔法【引力の網】。髪の毛が塵となって消えた直後、カオステルの掌から不可視の網が放たれ帝都を包み込んでいく。

しばらく待ってから網を引き揚げてみると、驚くべき事実が判明した。

目当ての人物は、どうやらガンデスブラッド邸にいるらしい。

やはり敵地に潜入しているのではなかったのだ――カオステルは秘密を暴いたような高揚を覚えつつ、ならばどうして閣下は七紅府に出勤しないのかと考える。しかし二秒で思考を止めた。あの少女にはきっと余人には思いもつかぬような考えがあるのだろう。だったら直接会って確認するのが手っ取り早い。

そう、これから閣下のお宅を訪問するのだ。普通ならば上司の家をアポ無しで訪ねるなど失礼千万もいいところだが、今は非常事態。閣下も大目に見てくれるだろう。ひょっとすると閣下のお部屋にお招き頂けちゃったりして――ふふふ。

想像を膨らませてニヤニヤしていた、そのときだった。

携帯していた通信鉱石に魔力が接続された。カオステルは忌々しい気分になって応答する。

『イエーッ！　薬を見つけたオレ有能。ベリウス目覚めたドゥーユーノウ？』

やかましいラップが耳元で響いた。

「なっ……」

カオステルは目を丸くした。

どうやらベリウスは無事だったらしい。それは喜ばしいことだが、このラップ男は海外旅行に行ってたんじゃなかったのか？　まさか薬を見つけるために出国したのか？

まあいい。

「メラコンシー、ベリウスのことは頼みましたよ。私は閣下のお宅に向かいます」

『ＷＨＹ？』

「他に手がかりがありませんので」

『イエーッ！　手がかり求めて町を徘徊。カリカリすんなよ見つかりそうかい？　不審者カオスは休んどけ（留置所で）今日のオカズはご飯だけ（くさい飯）』

ブチリと通信を切る。妙な合いの手を入れやがって。

カオステルは時計塔から飛び降りると、大急ぎでガンデスブラッド邸を目指す。

☆（すこしさかのぼる）

昼食の折、ふとヴィルに「どうして私のことを心配してくれるの」と聞いてみた。

すると、かの変態メイドはこともなげにこう言うのだ。

「当然のことです。私はコマリ様のことを宇宙でいちばん愛していますから」

嘘くせえ――とは思えなかった。単純に金や地位が目的なのだとしたら、今日までのこいつの態度はいささか献身的すぎる。

私はカレーには手をつけず、デザートの梨をかじりながら、

「わけわかんない。ヴィル、生き別れの妹だったりする？」

「それを言うなら生き別れの姉でしょう。べつに姉妹でもなんでもありませんけども」

「じゃあなんで」

「実は、前々から説明しようと思っていたのですが」

ヴィルは少し顔を赤くして目を逸らした。

「…………」

「言うのが恥ずかしかったんです」

「……じゃあいいや」

「待ってください諦めないでくださいっ！　そこは『ぐへへへ、何が恥ずかしいのかなヴィルちゃん。ほらほら、おじさんに言ってみ？』って食い下がるところでしょう⁉」

「…………」

「すみません。ギャグパートではありませんでしたね……」

ヴィルは反省したように息を吐くと、おもむろにエプロンのポケットを漁る。取り出されたのは、一通の封筒だった。

「ここに私の気持ちが書いてあります。お暇な時に読んでください」

「……気が向いたら」

私はのろのろと席を立つと、梨のかけらを口に含んだままベッドに潜り込んだ。今日は少し気持ちが穏やかだったのでヴィルと話してみたが、もう限界だ。あの変態メイドと一緒にいると、どうしても将軍とか戦争とか血生臭いモノを思い出してしまう。

ところが、ヴィルは立ち去ることもなく言葉を投げてきた。

「コマリ様。あなたを心配している人はたくさんいるのですよ」

またそれか――私はうんざりした気分になった。

「あなたの将軍としての実力だとか、頭脳だとか、そういうものを一切合切抜きにして心配してくれる人は、たぶんコマリ様が思っているよりも多いんです。それだけはわかっていてください」

嘘に決まっている。第七部隊の連中だって、私が七紅天だから慕ってくれるのだ。強者を演出するハッタリがすべて暴かれてしまえば、後に残るのは何の魅力もない無力な小娘だけ。自分がいちばんわかっている。

「――では失礼します。気分が落ち着かれたら、また七紅府にっ」

不自然に声が途切れた。

何気なくヴィルのほうを見やる。

そうして、心臓を鷲摑みにされたような気分になった。

「こんにちは、テラコマリ」

「……っ⁉」

ミリセントがいた。ヴィルのすぐ後ろ。薄暗い闇に溶け込むようにして、粘つくような笑みを浮かべながら——ヴィルの背中に鋭い剣を突き刺している。

「あ、ぐ、コマリ、様……」

白いエプロンが真っ赤に染まっていく。口から血が漏れてテーブルの上のカレーに注がれた。ヴィルは信じられないといった顔をして全身を痙攣させていたが、やがて立っているだけの力も尽きたのだろう、どさりとその場に膝をつく。

私は声をあげることもできなかった。

頭が現実を認識しようとしない。

「——あら、どうしたの？ 黙りこくっちゃって。せっかく私が会いに来てあげたのに挨拶の一つも返してくれないの？」

「あ、あ……」

「相変わらず意気地なしね。人が刺されたくらいで青くなっちゃって——安心しなさい、この剣は神具じゃない。放っておけば回復するわ。しばらくは動けないでしょうけど」

「どうして、ここに」

「……どうして？」ミリセントは邪悪な笑みを深め、「言ったじゃない、また会いに来るって。もしかして忘れちゃった？」

ミリセントはゆっくりと近寄ってくる。私は身動きも取れない。

「きゃははは！　そんなに怯えなくてもいいわ。この場で取って食おうってわけじゃないの。こんなところで虐殺を始めちゃったら邪魔が入るかもしれないし」

邪魔？　——そうだ、この屋敷には人がいっぱいいる。

思い出したように大声を出そうとした瞬間、ミリセントの掌から放たれた魔力弾がベッドに大穴を開けた。恐怖のあまり口が動かなくなってしまった。

「叫んだら殺す。暴れても殺す。あんたはそこでじっと私の話を聞いてなさい」

「………………」

「そうそう、いい子ねテラコマリ。——じゃあ本題に入るわ。私がここに来た目的は殺すことじゃない。もっと悲劇的な殺しを演出するための準備なの」

「じゅん、び……？」

「ここだと邪魔なモノが色々あるでしょ？　だからね、これから私が指示する場所に来てほしいの。立てる？」

冗談じゃない。こいつにのこのこついていったら殺されてしまう。

私がうんともすんとも言わないのを見て取って、ミリセントは「やっぱりね」みたいな顔をした。

「自発的に来れるような状態じゃないか。まあ予想はついてたけどね。お前はいつもグズで泣き虫で優柔不断だった。そのくせ無駄な正義感だけは人一倍だ。――だからこうしてやる。三年前のあの時のようにな」

ミリセントは踵を返すと、床に倒れているヴィルの腕を引っ張り上げた。まるで子供が人形を弄ぶような具合でズルズルと彼女の身体を引きずって、

「こいつを連れていく。返してほしければ日付が変わる時間にラ=ネリエント街の廃城まで来なさい」

「なっ……」

「一秒でも遅れたらヴィルへイズは殺すわ。ああ、もちろんあんた一人で来ること。誰かにこのことを話したりしたら――わかるわよね？」

深い絶望が胸に広がっていく。

そんなこと――私に言われたって、どうすれば。

「じゃ、約束だから。あんまり私に悲しい思いをさせないでよね、テラコマリ」

ミリセントはそれだけ言うと、カーテンに覆われた窓に向かって魔力の弾丸を発射した。硝子が割れる盛大な音。数日ぶりに部屋に忍び込んでくる眩い日光。待てと叫ぶ暇も勇気もなかった。動かないヴィルの肢体を軽々と抱き上げたテロリストは、まるで野生動物のような身のこなしで割れた窓の向こうに姿を消した。

残された私は、何もすることができずベッドに座り込んでいる。

血塗れの床。壁。カレー。現れたミリセント、刺されたヴィル、消えたヴィル――

目の前の光景がとにかく信じられない。信じたくない。しかし誤魔化しようもない心の痛みが切実に訴えかけている。これは紛れもない現実なのだと。

どうしよう。どうしよう。どうしよう――私はしばらく頭を抱えて震えた。


それから一時間ほど毛布に包まっていた。

心が落ち着いてくると、事態の深刻さが徐々に理解できてくる。

ヴィルが攫われてしまった。しかも犯人はテロリスト。命の保証なんてない。身代金を要求してるわけでもないから、ガンデスブラッド家の力で解決することは不可能。ミリセントは一人で廃城に来いと言った。誰にも相談してはいけないと言った。つまりこの事件は私だけでなんとかしなければならないのだ。

やってられるか。

私は孤独と芸術の徒。誰とも関わらずに引きこもると決めたんだ。

あの変態メイドがどうなろうと、私の知ったことでは――

「…………」

知ったことでは、ない、はず。なのに、どうしてこんなに心が痛むのだろう。

あの変態メイドとの日々を思い出すたび、きゅうっと胸が締めつけられて悶々とした思いになる。

ヴィルは決して私を見捨てなかった。

ヨハンに決闘を仕掛けられた時も。パーティー会場でミリセントに襲われた時も。あいつは必死になって助けてくれた。それに——ここ数日私が引きこもっていた間、毎日食事を作って運んできてくれたのは他でもない、あの変態メイドなのだった。

そんなやつを見捨てることなんて、私にはできない。

できないけれど——助けることもできない。

相手は悪逆非道のミリセント・ブルーナイト、しかも魔核を無効化する神具まで持っている。そんな危険な敵に立ち向かって囚われのお姫様を助け出す？　どこの英雄だ。そういう人仕事は帝国軍の将軍にでも任せておけばいいのだ——いや。将軍は私なのか。

思わず苦笑してしまう。

肩書だけの大将軍。どれほど滑稽なことだろう。

私はバカだ。七紅天としての実力なんか少しもないのに、第七部隊の吸血鬼たちを率いて良い気になっていた。そう、良い気になっていたのだ。口では「嫌だ嫌だ」「働きたくない」などと文句を言っていたが、なんだかんだでヴィルや部下たちと過ごす日々を楽しんでいたのは否定しようがない。再び引きこもってみて、それが痛いほど実感できた。

独りでいるのは寂しい。

生きている気がしない。

戦争に参加させられることよりも、部下たちに殺されそうになることよりも、心無い同級生に苛められることよりも、ずっとつらい。

だから、本当は外に出たい。

苛められていたトラウマなんかゴミ箱にぶちこんでやりたい。

でも力がない。勇気がない。足が震えている。

もし私に万夫不当(ばんぷふとう)の戦闘力があったなら、今すぐにでも駆けつけてヴィルを助けてやるのに。でも私は劣等吸血鬼。あいつを助けることはできない。なら見捨てる？　無理だ。心がどうにかなってしまう。でも私にはどうすることも――

そこでふと、テーブルの上に置かれた封筒に目が移る。

ヴィルが残していったものだ。

確か、あいつの正直な気持ちが綴(つづ)られているんだっけ。

ぶちまけられた血に触れないよう気をつけながらベッドを降り、封筒を手に取る。中から出てきたのは何の変哲もない手紙だった。

拝啓

月隠れの季節も過ぎ去り本格的な夏の足音が聞こえる今日この頃(ごろ)、如何お過ごしでしょうか。

と云っても毎日会っているのでお互いのことはよく判っていますよね。格式ばった挨拶と云うものを一度してみたかったのです。

さて、余計な前置きはやめて本題に入りましょう。私とコマリ様が初めて出会ったのは三年前のことです。驚いたでしょう？　コマリ様は覚えていらっしゃらないかも知れませんが、私は三年前のあの瞬間を今でも克明に反芻することができるのです。

当時、帝立学院に通っていた私はどうしようもない劣等生でした。それこそ何処に出しても恥ずかしい、間違っても今のコマリ様を笑えぬような、箸にも棒にも掛からぬ木偶の坊だったのです。こう云う〝弱者〟が虐げられるのは自然の摂理でありまして、私は当然の如く同級生からイジメを受けていました。

イジメの主犯は、ミリセント・ブルーナイト。

あの女狐は他人の気持ちというものを一切推し量ることがありません。自分さえ良ければそれで良い、そう云う短絡的かつ暴力的な思考でもってスクールカーストの頂点に君臨していました。受けた仕打ちは思い出すのも忌々しいものばかり、そうであっても意志薄弱の私に抵抗する気概などあろう筈もなく、あの女が我が物顔で人権を蹂躙するのを坐して耐えることしかできませんでした。

暗くて寒い絶望の毎日、そんな中に現れた一筋の光明こそコマリ様なのです。

やはり覚えていらっしゃらないでしょう？　例によってミリセントたちから謂れのない暴力

を振るわれていた折、突如として現れたコマリ様は、強引に私の腕を引いて地獄から救い出してくれたのです。痛かっただろ、苦しかっただろ。もう大丈夫だから。あんなやつらに負けちゃだめだよ。掛けて頂いたお声の一言一句が心に染みていくようでした。その時の私には、これは比喩でも冗談でもありません、本当にあなた様のことが救世主のように見えたのです。こう云う優しい人がいれば、世界はもっと良くなる。本気でそう思ったのをしかと覚えています。

ところが、その後の展開は最悪なものとなりました。コマリ様もご存知でしょうから敢えて深くは申し上げませんが、ミリセントの標的が変わってしまったのです。娯楽に水を差されたことが余程気に食わなかったのでしょう。

私は何もすることができませんでした。ミリセントから非道な仕打ちを受けるコマリ様を目にしても、かつてのあなた様のように一歩踏み出すことができませんでした。これこそ私の罪でございます。助けられておきながら恩を返すこともしない、そんなことは人として最低です。万民から責め立てられるべき悪行です。

卑劣な私は、結局コマリ様が引きこもりミリセントが失踪するに至るまで、物陰に隠れて震えることしかできませんでした。だからこそ贖罪をしようと思ったのです。あれほど優しいお方が不埒者に人生を台無しにされるのはおかしい。間違っている。本当のコマリ様は太陽のように眩しくて、計り知れないほど大きな懐を持っているはず。コマリ様があんなことになってしまったのは、私の責任だ。罪の意識を感じた私はそれから強くあろうと努力しました。地獄のような特訓の日々の幕開けです。しかしコマリ様を守るためだと思えば辛くはありませんでした。時には泣きたくなることも確かにありましたが、コマリ様のお気持ちを考えればいくらでも再起することができるのです。

そうして学院を卒業して後、念願叶ってガンデスブラッド家にメイドとして雇って頂きました。ええ、実は一年ほど前からこの屋敷で働いていたのです。御前に姿を見せなかった理由はただ一つ、コマリ様に過去の嫌な記憶を思い出してほしくなかったから。陰から密かにお支えするに止まったのはこう云う理由なのです。

ところが、我慢の限界というのは呆気なく訪れてしまうものなのですね。コマリ様の七紅天就任のお話が持ち上がった際、ついついサポート役のメイドに立候補してしまいました。他の誰かに任せるのはどうしても許せなかったのです。それから先の話は省略しましょう。私は専属メイドとしてムルナイト帝国軍に徴用され（だから私の階級は〝特別〟中尉なんです）、コマリ様と再会するお許しを頂きました。実際に顔を合わせる時にはどうなることかと思いましたが、コマリ様はどうやら私のことをお忘れだったご様子。複雑な心境ではございましたが、これ幸いとばかりに初対面を装ってお世話させて頂きました。騙していたことをお詫び申し上げます。

長々と綴ってきましたが、私が伝えたいことは多くありません。

コマリ様は立派なお方です。誰よりも強くて、誰よりも優しくて、誰よりも光り輝いている。一度は引きこもってしまったかもしれませんが、それでも立ち直ることができました。これは称賛されるべきことであり侮辱されるようなことではありません。今頃舞い戻って来たミリセント如きに何を言われようと無視してやればいいのです。お辛いようでしたら私を頼ってください。かつてはコマリ様を裏切った身ですが、二度とそのような間違いは犯しません。コマリ様が前に進む手助けを致しましょう。前に進みたくないと仰るのならば、無理強いは致しません。気が済むまで寄り添いましょう。

コマリ様を幸福にすることが私の贖罪であり、願いなのですから。

末筆ながらご自愛のほどを祈念申し上げます。

敬具

……………………………………………………………ヴィル」

読み終えると同時、私の掌から手紙がはらりと落ちた。

もはやどうすればいいのかわからない。

涙がぽろぽろと零れてきた。

ヴィルはミリセントに苛められていた。その身代わりになったのが私。罪の意識を感じたヴィルは、私の専属メイドになった——そういうことだったのだ。

私はどうして覚えていなかったのだろう。忘れるほうがどうかしている。

「くそっ……」

こんな手紙を渡されて黙っていられるわけがない。

これほどの献身を見せつけられて、これほどの真っ直ぐな思いを見せつけられて、これで心が動かないやつは、動物とか昆虫とかそういう類のやつだ。

拳をぎゅっと握る。

なんと皮肉なことか。現在の状況は、まさしく三年前のあの時と一緒だ。ミリセントに虐げられるヴィル。ヴィルを助けようか助けまいか迷っている私。助けなかったらどうにもならないし、助けたら助けたで今度は私がミリセントに虐げられることになる――

いや違う。

今回は違う。

絶対にミリセントの思い通りにはさせない。

あいつのせいで私は人生を棒に振った。この三年間、誰とも関わることなく引きこもっていた。そんなことにはもう、絶対にならない。なってたまるか。

しみったれた過去をすべて洗い流してやろう。

どんなに無様でもいい、どんなに情けなくたっていい、とにかくヴィルを連れ戻して第七部隊に凱旋し、また戦争を―― するのはやっぱり嫌だけど、いつも通りの騒がしい日々を満喫してやるのだ。

暗い部屋でひとり妄想に耽(ふけ)るのでなく、明るい外でみんなと一緒に笑い合って――

「テラコマリ様。お客様がお見えです」

ぎょっとして振り返る。ぶっ壊れた扉の辺りに屋敷の使用人が立っていた。

床に広がった血を慌てて毛布で隠しながら、

「……客？　誰？」

使用人は困ったように眉(まゆ)をひそめて言った。

「カオステル・コントと名乗るお方です。なんでもテラコマリ様の直属の部下だとか」

☆

急いで軍服に着替えて外に出ると、例の枯れ木男が真面目(まじめ)な顔をして待っていた。いったい何用かと尋ねてみれば、カオステルは感極(かんきわ)まったように目頭を押さえて叫ぶのだった。

「ああ閣下、ようやくお会いできました！　今までどこで何をなさっていたんです⁉」

心配しましたよもう――泣き出さんばかりの勢いで捲し立てるカオステルを前に、私は少しだけ胸を悪くした。途方もない罪悪感に押し潰(つぶ)されそうになる。もう取り繕うわけにもいかないのだ。私は大きく深呼吸をしてから枯れ木男を見返して、

「悪かったな。私は引きこもっていたんだ」

「はい？」

カオステルの目が点になった。私は視線をそらしながら言う。

「笑いたければ笑うがいいさ。私はミリセントのことが怖くて仕方がなかった。足が震えて一歩も外に出ることができなかったんだ」

「ご冗談を」

「冗談なもんか。私は――」

「いいえ、冗談でしょう。だって閣下はこうして外に出ているじゃないですか。どこが引きこもりなんです？」

虚を突かれたような気分になった。

カオステルは相変わらず気味の悪い笑みを浮かべている。だが、その瞳には私に対する失望の色など一切見られなかった。

「とにかく、そういう細かいことは後回しにしましょう。今は状況打破が先決です」

「細かいことってお前……」

うろたえていると、カオステルが「閣下！」と熱っぽい口調で続けた。

「閣下もよくご存知でしょうが、あの無作法なテロリストは皇帝主催のパーティーを荒らした挙句、あなたの顔に泥を塗りました。まさに許されざる悪行。そこで我々は下手人を殺害するべく血眼になって〝逆さ月〟を捜しました。しかしどうにも行き詰まっている状況です。閣下のいないコマリ隊など船頭を失った泥船も同然ですから」

「ただの泥じゃねえか」

「そうです。もはや汚泥です。閣下がご不在の間にテロリストを仕留めることができなかったことに関しましては、申し開きのしようもありません。ゆえに恥を忍んで閣下にお頼み申し上げたい。――どうか我々を導いてくださいませんか」

　言葉に詰まった。

　そう言われても、どうすればいいのかわからない。

「どうして閣下が二週間もお隠れになっていたのか、私のような卑しい者には知るべくもありません。ですが、満を持してお姿を見せてくださったということは――ようやく反撃の時間なのでしょう？　隊の連中もこの時を待ち望んでいたのですよ」

　カオステルがパチンと指を鳴らした。魔力がほとばしって空気がざわつき、間もなく庭先の芝生に魔法陣が浮かび上がった。あれは空間魔法【転移】のための〝門〟――ではない。あれは【召喚】だ。カオステルが魔法で誰かを呼び寄せたのだ。

「閣下ッ！　ご無事だったのですね！」

　そうして私は驚愕(きょうがく)した。魔法陣から現れたのは、見間違えるはずもない、パーティー会場で身を挺して私を守ってくれた犬男――ベリウスだったのだ。メラコンシーに肩を支えられながら、ゆっくりとこちらに歩み寄ってくる。

「ベリウス？　へ、平気なのか……？」

「はい。あの程度のダメージなど掠り傷のようなものです」

「でも二週間くらい昏睡して……」

「些細なことです。閣下の盾になることができたのですから——いえ、これは自惚れですね。閣下ほどの実力者ならばテロリストの攻撃の一つや二つ、呼吸をするが如くにいなせたはずです。出過ぎた真似をして申し訳ありませんでした」

「イエーッ！　犬死に無駄死に野垂れ死にブグェッ」

メラコンシーがぶん殴られて吹っ飛んだ。殴った拍子に脇腹が痛んだのだろう、ベリウスは少しだけ苦悶の表情を浮かべた。

「……とにかく、雪辱戦といきましょう。不肖ベリウス・イッヌ・ケルベロ、どこまでも閣下についていく所存であります。どうかご指示を」

「カオステル・コントも従います。不届き者に正義の鉄槌を下そうではありませんか！」

「イエーッ！」

チクリと胸にトゲが刺さるような思いだった。

やはりこいつらは、私を強いと勘違いしているんだ。

「なあみんな」

私は三人の顔を順々に見渡して問うた。

「お前らは、どうして私を慕ってくれるんだ？」

言ってから後悔した。そんなのはわかりきっていた。「閣下が最強だから」。それ以外にどういう答えがあるのか。一秒、二秒、三秒——まるで処刑台に立たされた囚人のような気分で返答を待つ。部下たちは「何を当然のことを」というような顔をしていた。

カオステルが言った。

「お人柄が優れているからですよ。あなたほど部下思いの将軍はいません。まあそれ以上に未熟な肢体が蠱惑的げふんげふん。とにかくお優しいからです」

続いてベリウスが、

「率直に申し上げるのは憚られるが——お心遣いが厚い。これに尽きます」

さらにメラコンシーが、

「ラップの相手は閣下だけ。閣下を除いてはバカだらけ。だから閣下についていく。唯一の理解者についていく」

ああ——

みるみる胸が温かくなっていく。私は思わず泣きそうになってしまった。

こいつらは、こいつらは本当に馬鹿でアホでどうしようもない犯罪者だけれど、意気地なしの私にもついてきてくれる可愛らしい部下なのだ。

これほどまでに嬉しいことはあるだろうか。

「そ、そうか」私は声を弾ませて聞いた。「じゃあ、私の強さに関してはどうでもいいんだよな？」

「え？」

「強さですか……？　いえ、どうでもよくはありませんが」

カオステルは淡々とした口調で続けた。

「七紅天ならば強くて当然です。弱ければ下剋上が起きてしまいますよ？」

「…………」

「まあ、閣下に限ってはそんな心配など無用の長物でしょうけど。なにせ閣下は歴代最強の七紅天！　しかも強者にありがちな驕り高ぶった態度は一切とらず、部下思いの優しい御心までお持ちでいらっしゃる！　これに惹かれないやつは人類じゃないですよ」

「…………」

これはアレだな。私が強いってことが大前提で話が進んでいるんだな。

やっぱり隠しておいたほうがいいな、真の実力（げきよわ）。

「そ、そうだよな！　お前たちは強くて優しい私のことが大好きなんだよな！　ならばその期待に応えてやるのが上司としての責務というものだ！」

おおっ！　と三人は期待のこもった声をあげた。

　こいつら、私のことを何もわかっちゃいねえ。

　わかっちゃいねえけど——こいつらが私のことを信頼してくれているのはわかった。それも強さ云々だけでなく、人格とか立ち居振る舞いとかそういう内面的な部分においても慕ってくれているのがわかってしまった。

　となれば、是が非でも報いてやらねばならない。

　なぜなら私は希代の賢者であり、こいつらの直属の上司であり、泣く子も黙る七紅天大将軍なのだから。こんな場所でいつまでもウジウジしているわけにはいかないのだ。

　そういうわけで、私はくるりと踵を返すと、まるで戦場に赴く勇壮な兵士のような心持ちで（というかそのまんまなのだが）、力強く宣言するのであった。

「——ありがとう。お前たちのおかげでやる気が出てきた。というわけで、私はこれから件のテロリストと決着をつけに行こうと思う」

「では、敵の居場所がわかっているのですね？」

「ああ」頷いてから首を振り、「しかし、お前たちが同行することは許さない」

「そんな！」『閣下、何故ですか！』

　不満げな声が背中に突き刺さる。

　私だって可能ならば部下を連れていきたい。こいつらに「テロリストを倒せ」と指図するだけでいいなら、どんなに気楽なことだろう。

でも、これは私個人の問題なのだ。

引きこもりから脱却して新しい一歩を踏み出すためには、一人で解決しなくてはならない。

ミリセントに脅されたからとか、そういう消極的な理由ではないのだ。

私は部下たちを振り返ると、できる限りの傲岸不遜な態度で言ってやった。

「すまない、これは私の戦いなんだ。お前たちは七紅府で待機しながら大将軍の活躍を祈念していてくれたまえ。それだけで私は、たくさん勇気が湧いてくるから」

6　ミリセント・ブルーナイト

Hikikomari the Vampire Countess no Monmon

「強くなりなさい。他の誰よりも」

父の教えは簡潔だった。

こういう簡潔な教えをことあるごとに説かれれば無垢な幼心が歪な方向へと変化していくのは無理からぬことだとミリセント・ブルーナイトはつくづく思う。

ブルーナイト家は政治家の一族だ。権謀術数が渦巻く宮廷において信用できるのは己の力だけ。特にムルナイト帝国は実力至上主義の気風が色濃いため、弱い政治家など比喩でもなんでもなく取って食われるのがオチである。ゆえにミリセントの父が口を酸っぱくして「強くなりなさい」と説くのは当然のことだったのだ。

実際に父はあの手この手を尽くしてミリセントの教育に勤しんだ。魔法や芸事を叩き込まれるのはまだよかった。痛くないから。

ミリセントをもっとも苦しめたのは、戦闘センスを養うための修練——といえば聞こえはいいが、ようするに地獄のような虐待だった。

初めて彼と出会ったのは、ミリセントが十一歳のときだった。

「お前はいずれ皇帝になるのだ。そのために何が必要かわかるかね？」

父はミリセントを中庭に呼び出してそう問うた。

「強さ、だと思います」

「その通りだ。やはりお前はよくわかっている」

ミリセントは思わず笑みをこぼした。父に褒められたのが嬉しかったのだ。

「お前は強くなる必要がある。強くなければ皇帝にはなれない」

「はい」

「ただし普通の強さでは話にならない。皇帝になるような者たちは得てして特別な力を持っているのだ。だからミリセント、お前も特別な力を手に入れたまえ」

「どうすればいいのですか？」

「それは先生が教えてくれる」

そこで初めてミリセントは気づく。

父の隣に見知らぬ男が立っていたのだ。

あまりにも風景に溶け込んでいたので言われなければ一生気づかなかっただろう――それほどまでに浮世離れした人だった。黒い髪に紅い瞳。まとう衣服はひらひらした緑色の着物。

顔立ちは整っているが目だけは抉るように鋭い。

「天照楽土からはるばるお越しになったアマツ先生だ。今日からお前に戦いの授業をしてくださる。失礼のないようにしろ」

和装の男は右手を差し出してきて言った。

「天津覺明(あまつかくめい)という。よろしく」

ミリセントはたじろいだ。それは新しい教師への不安がそうさせたのではなく、単純に吸血鬼以外の種族を生まれて初めて見たからだった。この人が先生になるんだ——そういう小さな感慨を抱きながら何気なく握手に応じようとして、彼の手を握って、

世界が反転した。

「——え、」

ぐいっと腕を捻(ひね)り上げられたような激痛、そうしていつの間にか背中を地面に叩きつけられて仰向(あおむ)けになっている自分に気づく。

わけがわからない。あまりにも痛い。息ができない。

呆然(ぼうぜん)としながら和装の男——アマツ先生を見上げようとした瞬間、彼はどこからともなく物干し竿(さお)のようなものを取り出してその先端をミリセントの脇腹(わきばら)に叩きつけた。

今度こそ悲鳴が漏(も)れた。

じたばたとのたうち回るミリセントを一瞥(いちべつ)してアマツは言う。

「あまりにも無防備だ。咄嗟(とっさ)に害意を察知できるようでなければ皇帝どころか七紅天(しちぐてん)にもなれんぞ。——ブルーナイト殿、これを育成するには手間がかかる」

「謝礼はいくらでも払います。好きなように教育してやってください」

「ふむ。金をもらえるなら鋭意努力してみよう」

アマツはかすかに笑った。ミリセントは寒気を覚えた。彼の笑みには優しさや気遣いといった温かいものが悉く欠落していたからだ。

こうして地獄の日々は唐突に幕を開けた。

ミリセントの心の中に邪悪の芽が生える。

——ミリセントといったか。これから俺が教えるのは心を養う方法だ。強者になるためには何事にも動じない心が必要になってくるからな。


学院から帰ればすぐさま戦闘の授業が始まる。

アマツ先生が使用するのは《彗星棍》、初対面でミリセントの脇腹を抉った物干し竿である。

これに対してミリセントは武器でも魔法でも何でも使ってよかった。

しかしミリセントの攻撃がアマツに届くことはなかった。学院で教師から「上出来だ」と褒められた【魔弾】をいくら撃っても当たらないし、だからといって純粋な体術で立ち向かえばすぐさま手痛いカウンターを食らわせられる。

それが毎日夜まで続いた。

途中でへこたれようものなら間髪入れずに父の怒声が飛んでくる。「しっかりしろ」「お前はブルーナイト家の跡継ぎなのだぞ」「アマツ先生に迷惑をかけるんじゃない」——泣きたいほどに苦しい日々だったが、父に逆らうこともできず、ミリセントは心をすり減らしながら虐待に耐え続けた。

とりわけミリセントを苦しめたのはアマツが使用する《彗星棍》だった。

一見すれば普通の物干し竿なのだが、どうやらこれは神具と呼ばれる特殊な武器であるらしく、魔核(まかく)の効果を打ち消してダメージを与えることができるという凶悪な代物なのだった。

つまり傷が治らないのである。

前日の痣(あざ)は翌日にも引き継がれて痛みが継続する。攻撃が怖くなって逃げ腰になれば今度は父親に叱(しか)られ、叱られるのを怖がり蛮勇を奮い立たせて突貫すれば冷笑とともに軽くあしらわれて治らない傷をまた一つ増やす。

こんな行為にいったい何の意味があるのか——心の内に芽生えた疑問をアマツにぶつけたこともあった。彼曰(いわ)く、

「父君はお前に〝特別な力〟が宿ることを望んでいる」

「特別な、力……」

「《烈核解放(れっかくかいほう)》と呼ばれる異能だ。お前も少しは知っているだろう」

知らなかった。後でアマツから聞いた話によれば、烈核解放というのはこの世のあらゆる法

則から外れた特殊能力のことらしかった。ひとたび行使すれば大地を穿ち星をも動かす力を発揮できるという。

ただしその代償として行使者の肉体を著しく傷つける効果もあるらしく、それが魔核の〝無限恢復〟の論理に反するためか、普段は魔核の魔力によって封じられている。使いたければ何らかの手段を講じて魔核とのパスを切断する必要があるらしい。

「人がこの力を先天的に有している確率は極めて低い。だが特殊な修練を積めば後天的にも発現することが明らかになった。これは俺たちが発見した新事実なんだぜ」

すごいだろう、とアマツは言った。

特殊な修練とは何ですか、とミリセントは聞いた。

「逆境にめげない心を養うことだ。どういうわけか烈核解放には心の在りようが深く関係しているらしい——そして心を鍛えるのに手っ取り早いのは〝生命を脅かされること〟だ。治らない傷の痛みに耐え続けることで心は陶冶されていく」

無茶苦茶だと思った。

しかしアマツは大真面目に語る。

「わかっているさ。お前は俺との時間が嫌で嫌で仕方がないんだよな。だが、そういう嫌な気持ちをはねのけて立ち向かってくれれば、いつかは報われるときがくる。そして父君に認めてもらえるだろうよ。だから精々頑張れ」

何の前触れもなく棍の先端が飛んできた。

ミリセントは呆気なく胸を打たれ、また新しい傷を作ることになった。

――いいかねミリセント。烈核解放とはすなわち可能性だ。これを自由に発動できるようになって初めて人は〝生〟を実感できる。お前も烈核解放を使えるようになったら父君に褒めてもらえるぞ？　想像しただけで嬉しいだろう、生きてるって感じがするだろう。

「どうして烈核解放が発現しないのだッ！」

父の書斎に入るなり大声で怒鳴られた。ミリセントは身を縮こまらせて黙り込む。

「もう一カ月だぞ一カ月。お前の努力が足りないんじゃあないのか？　言っておくがアマツ先生は天照楽土の《五剣帝》だった人だぞ。悪いのはお前に決まっている！」

「っ……、」

「それに学院の成績も見させてもらったがな。あれは何だ？　ええ？　二位に落ちているじゃないか。お前はブルーナイト家の吸血鬼としての自覚があるのか？」

成績が落ちるのは当然のことだと思った。帰ってからずっと修練をしているので勉強する時間なんてほとんど取れない。

「お、お父様」

「口答えをするんじゃないッ！」父はぴしゃりと言い放って椅子にふんぞり返る。そうして苦々しい吐息を漏らしてこう呟くのだった。「これではガンデスブラッドに笑われてしまう。跡継ぎがこんな体たらくでは……くそ、どうして私の娘はあいつのよりも………」

ガンデスブラッド。それはブルーナイト家と敵対している政治家一族のことであり、父が彼らに対して悪態を漏らすのはいつものことだった。

だがミリセントは大きなショックを受けた。

父の呟きの中に、あまりにも残酷な響きが含まれていたように感じられたからだ。

ミリセントは涙を堪えて駆け出した。引き止める父の声も聞こえなかった。

あれだけ頑張っているのに。頑張っているつもりなのに。どうしてお父様は認めてくれないのだろう。まだ頑張りが足りないのだろうか。まだ傷の数が足りないのだろうか。それとも自分の心が弱いのがいけないのだろうか。

ミリセントは自室のベッドに傷だらけの身体を投げ出した。心も身体も擦り減っていた。

そうして布団に包まって泣いていると、とことこと近づいてくる気配が一つ。

「ペトロ。慰めてくれるのね……ありがとう」

心配そうにすり寄ってきたのは、十歳の誕生日のときに買ってもらったコーギーである。アマツに虐待され父に叱られる辛い毎日の中で、この大切な家族――ペトロとの時間だけが心の癒しだった。

「頑張らなくちゃ……うん、大丈夫」

ペトロの背を撫でながら、ミリセントは決意を新たにする。

どんなに辛くても、痛くても、泣きたくなっても、父の期待に応えるためには我慢しなければならない。烈核解放を獲得しなければならない。

――烈核解放は素晴らしいものだ。しかし魔核と接続されている限りは持っていても発動することができない。これでは生物本来の営為を阻害されているに等しい。まったく煩わしいと思わないかね？

それからミリセントは努力を続けた。それはひとえに父に認めてもらうため。強くなって七紅天となり、やがては皇帝の座を獲得して――そしてブルーナイト家に栄光をもたらすため。

最近はアマツの攻撃をある程度読めるようになってきた。「このまま修練を続けていれば発現するかもしれないな」、というお墨付きももらえた。ミリセントは大いに喜んだ。修練は相変わらず辛かったけれど、小さな希望が見えてきたような気がした。

だが、そうした高揚は粉々に砕かれることとなる。

「――隣のクラスの子。なんかすごい魔法が使えるらしいよ」

学院でのことである。眠気に抗いながら授業をやり過ごした後、不意にそんな会話が聞こえてきた。

「知ってる。先生が言ってたよ。普通の人には使えない魔法が使えるんだって」

「それって上級魔法のこと？　確かにすごいけど」

「違う違う。そういうんじゃなくて」

「じゃあ何」

「なんだっけ……烈核、解放？」

「――ねえ、詳しく聞かせてくれる？」

いてもたってもいられずミリセントはクラスメートにつめ寄った。

彼女らによれば、隣のクラスの少女が烈核解放を発現させたらしいのだ。ミリセントがあれだけ望んでやまなかった烈核解放を――

焦りとも嫉妬ともつかない感情が湧き上がった。

ミリセントはすぐさま噂の少女のもとへと向かった。彼女は教室の隅っこで本を読んでいた。

第一印象は「地味なやつ」。こんなやつに特別な力が宿っているとは思えなかった。

「ねえ。あんたが烈核解放できるって本当なの？」

少女が顔を上げた。彼女の表情には怯えの色が浮かんでいる。

「嘘よね。だってあれは厳しい修練をしないと発現しないもの」

「……本当です。先生がそう言ってたから」

たどたどしい言葉遣いが癇に障った。

ミリセントは彼女の手から本を取り上げて睨み下ろす。

「じゃあ見せてよ」

「で、でも……」

「いいでしょ。減るもんじゃないし」

ミリセントの剣幕に圧倒されたのだろう、少女は最終的にはこくりと頷いた。ただし教室で使うのはどうしても嫌だったらしく、「見たいなら人気のない場所まで一緒に来てください」などと聞き取りにくい声で呟いた。

そうしてミリセントと少女は校舎裏までやって来た。

「あんまり見せたくないんですけど……」

「いいから早くしなさいよ」

少女は不承不承といった雰囲気で右手をかざした。何をするのかと思って観察していると、彼女はミリセントが予想だにしなかったことを口走った。

「吸って」

「は？」

「血を吸ってください。私の烈核解放は血を吸われた者の未来を視ることができる【パンドラポイズン】。今日これから起きることくらいなら的中率１００パーセントです」

未来に干渉する魔法は存在しない。この少女の言っていることが真実ならば、烈核解放とは本当に破格の特殊能力だということになる。

どんなものなのか見せてもらおうじゃないか——ミリセントは挑むような気分で少女の人差し指を咥(くわ)えた。歯を立てると血の味が口内に広がっていった。

変化はすぐに起きた。

彼女の瞳が血のような赤に変色していったのである。アマツ先生から聞いたことがある、これは烈核解放発動の兆しに違いない。

「視えました」

しかし彼女は迷うような素振(そぶ)りを見せた。

「これは、その」

「何よ。どんなものが視えたのか知らないけれど、遠慮せず言いなさいな」

「はい。あなたは……、可哀想(かわいそう)な人ですね」

一瞬、何を言われたのかわからなかった。

しかし彼女の言葉を理解した途端に怒りが沸騰した。こんなやつに哀れまれているという事実がミリセントの精神をこれでもかというほどに攪拌(かくはん)していた。自分は自分の境遇に満足している。だのにこいつは可哀想なモノでも見るかのような目で見つめてきやがって——

我慢ができなかった。それまで堰き止めていた感情が爆発(ばくはつ)してしまった。

ミリセントは衝動的に魔力を練って【魔弾】を発動させていた。ほぼゼロ距離からの射撃、当たらないわけがなかった。しかし少女はいとも容易く回避してしまった。まるでそうなることを予知していたかのように。

「すみません。本当にすみません。そうじゃないんです。ごめんなさい……」

「ま、待て……！」

彼女は脱兎のごとく逃げ出してしまった。

どれだけ【魔弾】を撃っても命中することはなかった。

後でミリセントは思う――このときもし【魔弾】が当たっていたら、烈核解放によって魔核から切断されていた彼女は死んでいたかもしれない。

――才能のあるやつが憎い？　なかなか面白いことを言う。存分にそのヴィルヘイズとやらを憎むがいい。ただしお前がどんなに憎んだとしても、そいつを殺してこの世から消すことはできんがね。魔核がある限りは。

少女はミリセントの心を脅かす敵となった。

出身は帝都の下級区。本来ならばミリセントのような上流階級とは無縁の人種である。しかし帝立学院の一般入試でトップクラスのスコアを記録したため入学を許され、以後学内でも優秀な成績を修め続けている秀才だった。さらに憎たらしいのは、前回の考査でミリセントを抜いて学年一位になったのは彼女だったらしいのだ。

そして何より――烈核解放。

ミリセントが血反吐を吐きながら鍛錬に勤しんでも未だに獲得できていない至高の奥義を、あの少女は何の苦もなく手に入れている。

気に食わなかった。

気に食わなかったから、陥れてやろうと思った。

簡単な話だった。ブルーナイト家は帝国でも高名な貴族の家系だ。

不機嫌そうな声を作ってこう言ってやるだけでよかった。

「あのヴィルヘイズって子、なんかムカつくよね」

それだけのことで下級区出身の少女は学院の敵へとなり果ててしまった。

稀にミリセントの行いに異議を唱えるやつもいたけれど、そういう不届きな輩には権力にものを言わせて黙らせてやった。

初めは単なる無視。次いで陰口。罵詈雑言。直接的な暴力――イジメはどんどんエスカレートしていった。烈核解放を発動されると太刀打ちできなくなってしまうので、決してやつの血を摂取しないよう細心の注意を払いながら、複数人で取り囲んで甚振ってやった。ヴィルヘイズは抵抗しなかった。もともと抵抗するほど気骨のある少女ではなかったのだ。どれだけ責め立てても涙を流して耐えるだけ。しかしそれはミリセントの嗜虐欲を大いに満たした。《彗星棍》で身体に刻まれた傷が癒えていくような気さえした。

かくしてミリセントは徐々に道を踏み外していく。

――なかなか良い目になってきたな。認めよう、お前は確実に強くなっている。治らない傷への警戒心が精神を研ぎ澄ませているんだ。ほぅら、やはり魔核など害でしかない。我々の成長を妨げているじゃないか。

期末考査の結果はミリセントが学年一位だった。

ヴィルヘイズは三十一位。彼女の順位が急降下した原因は明らかだった。イジメによって勉強どころではなくなってしまっていたのだ。

とにもかくにもミリセントは喜んだ。烈核解放はまだ発現していないけれど、学年一位の名誉を見事に取り戻したのだから、父も少しは見直してくれることだろう。

「きゃははは！　ねえヴィルヘイズ。あんた三十一位だってさ。どんな気持ち？」

殴る。蹴る。踏みつける。

廊下の隅に蹲ったヴィルヘイズは一切抵抗する気配を見せない。これほど惰弱な精神性の持ち主にどうして烈核解放が宿っているのか不思議だった。そしてそれがミリセントの苛立ちの火に油を注いでいく。

「立ちなさいよ。あんた本当は強いんでしょ？　私たちくらいなら簡単に殺せる烈核解放を持ってるんでしょ？　だったら少しは踏ん張ってみろっての！」

しかしヴィルヘイズは何も言い返さず、殴る蹴るの暴力を無抵抗で受け入れている。魔核の回復力がなかったらこいつも少しは抵抗したのだろうか――アマツから受けた傷の痛みを感じながら、ミリセントはそんなことを考える。

「ねえミリィ。こいつもうダメよ。壊れちゃってるわ」

「反応がないとつまんないよね」

取り巻きも飽き始めているらしい。確かにここまで無抵抗だと興醒めも甚だしかった。ミリセントはしばらく頭を悩まして後、ふと思いついたことを口にする。

「じゃあ殺そうか」

取り巻きが色めき立った。そうして初めてヴィルヘイズの顔色が変わる。

魔核があれば死んでも蘇るとはいえ、殺人行為が正当化されているわけではない。その禁忌をいとも容易く打ち破ろうというのだから、常識的な感性の持ち主が動揺するのは当然のことだった。

周囲の反応に気をよくしたミリセントはゆっくりと右手を持ち上げる。

初級光撃魔法【魔弾】。脳天に命中させれば一瞬で命を刈り取ることができるだろう。

「や、めて――」

ヴィルヘイズの顔が恐怖に染まっていく。

そうだ。その顔が見たかったのだ。何の努力もなしに私の欲しいものを手に入れやがって。庶民のくせに私よりも優秀な成績を叩き出しやがって。許せない。許せない。お前のようなやつは大人しく死んでいればいいんだ――

ミリセントの口元が歪（ゆが）んだ。

心の内で成長していた邪悪の芽が花開こうとしていた。

そのときだった。

「――やめろ」

右腕をつかまれた。

そうしてミリセントは強烈な光を見た気がした。

ミリセントの凶行を寸前で止めたのは、金色の髪と紅色の瞳を持つ少女だった。なけなしの勇気を振り絞るがごとく全身を震わせながら、しかし堅固な意志の片影がありありとうかがえる表情でもってこちらを見上げている。

テラコマリ・ガンデスブラッド。

この後のミリセントの人生を大きく歪めることになる、最低最悪の邪魔者。

──ふむ、やはりお前には才能がある。父君には「もうすぐ烈核解放が発現しそうだ」とでも言っておこう。

イジメという娯楽に水を差されたのは不快だった。しかし相手が自分と同格の身分の吸血鬼、それもブルーナイト家と敵対している貴族の娘だということに気づいたので、その場では事を荒立てることはせず、大人しく引き下がることにしたのだった。

実はそれでもよかった。この日は気分が良かったのだ。ヴィルヘイズを殺すことができなかったのは残念だけれど、やつの怯える表情は見ることができたから。またそれとは別に、考査で学年一位になったことを父に報告すれば喜んでもらえるだろうから。だからテラコマリのことなんか後にすればいい──そんなふうに考えながら珍しくも軽やかな足取りで帰宅したミリセントだったが、

「──学年一位? そんなことは当たり前だろうが!」

表情を綻ばせて考査の結果を報告したミリセントに対し、父はしかし、悪鬼のごとく眦を吊り上げて怒鳴りつけたのだった。

「それよりも烈核解放はどうなってるんだ。まだ使えないのか?」

ミリセントは泣きそうになるのをぐっと堪えて言った。

「アマツ先生が言うには、もうすぐ使えるようになるだろう、って」

「嘘をつくなッ！」父は唾を飛ばして叫んだ。「アマツ先生はお前の不出来を嘆いていた。才能のある者ならとっくに烈核解放が発現していてもおかしくないとな！　このまま教育を続けるならさらに金が必要だとも言われたぞ！」

頭を殴られたような衝撃だった。

アマツ先生は、本当にそんなことを言ったのだろうか……？

「……ああ、お前はどうしてこうも不出来なんだ。ブルーナイト家の娘ならば烈核解放の一つや二つ使えてもおかしくないだろうに。これではまたガンデスブラッドの連中に嘲笑されてしまうではないか」

「ガンデス、ブラッド……」

「そうだ。今日もアルマンの糞野郎に娘の自慢をされてしまったよ。なんでもあやつの次女は〝特別な力〟を持っているそうではないか。お前とは大違いだ。お前は――ガンデスブラッドの娘と比べたら、出来損ないもいいところだッ！」

今にして思えば、父のほうこそ可哀想な人だったのかもしれない。

だがこのときのミリセントにはそうは思えなかった。悪いのは自分。そう思ってしまった。ただただ悲しかった。父に背を向けて走り出し、脇目も振らずに廊下を駆ける。

どうして上手くいかないのだろう。どうして父に褒めてもらうことができないのだろう。どうして自分には才能がないのだろう――どれだけ問いを発したところで答えてくれる者はいなかった。まるで世界が自分を陥れようと画策しているかのようだった。

しかしミリセントはふと思い直す。

――いや違う。悪いのは自分じゃない。

あの小娘、テラコマリが悪いんだ。

どうして気づかなかったのだろう。自分がこんなに辛い気持ちを味わっているのは、テラコマリがいるからだ。父がミリセントとテラコマリを対比するからこうなるのだ。

あいつさえいなければ。

あいつさえいなければ。

そんなふうに呪詛を唱えながら自室に滑り込もうとしたとき、ふと扉の前に黒いものが横たわっていることに気づく。

「ペトロ……」

間違いなかった。ミリセントの家族にして唯一の理解者。きっと主人が悲しんでいるのを敏感に察知して慰めにきてくれたのだろう――ミリセントは救われたような気分になってペトロのもとへと駆け寄っていった。

「……ペトロ?」

しかしペトロがこちらを振り向くことはなかった。

ぐったりと床に伏したままぴくりとも動かない。途轍もなく嫌な予感がした。ミリセントは心臓の鼓動が速くなるのを感じながらペトロを抱き起こす。冷たかった。動いていなかった。生きているという気配がしなかった。

「え……？」

「死んでしまったようだな」

背後に気配を感じた。いつの間にか和装の男が立っていた。彼は冷徹な表情を湛えながらミリセントと、ミリセントの家族の死骸を見下ろしていた。

「病気だったのだろう。残念だったな」

「な、なんで……⁉　今朝まで元気だったのに！」

「ペットは魔核で保護されていない。こういうことがあってもおかしくはないだろう」

絶望の波が襲いかかってきた。あまりにも急すぎて思考がまとまらなかった。涙がぼろぼろと零れ落ちる。アマツは淡々と言葉を紡いでいく。

「俺の知り合いには時を巻き戻す能力者がいる。もちろんこれは烈核解放だ。しかし残念ながらそいつをここに呼び出すことはできない。ゆえに生き返らせることもできない。――残念だなあ。もしお前に〝特別な力〟が発現していたならペトロは助かったかもしれんのになあ。残念だなあ、残念だなあ」

「あ、ああ、あ……」

「まったくもって理不尽だよなあ。魔核ってもんはな、本当に大切な人のことは助けてくれないんだ。今回は人じゃなくて犬だがな。——そのくせ生きている価値もない塵芥ばかりをのさばらせて憚らない。こんなことがあっていいと思うかね？」

アマツの言っていることは難しくてよくわからなかった。ペトロを失ったことがショックで何も考えられなかったのだ。

もうだめだ。これでミリセントの味方はいなくなってしまった。誰も慰めてくれない。誰も優しい言葉をかけてくれない。待っているのは一方的に怒号をぶつけられ、一方的に嬲られる地獄のような日々。こんな人生に何の意味があるのだろうか——

絶望のどん底に突き落とされそうになったとき。

ぽん、とミリセントの頭に手が置かれた。

驚いて見上げれば、さらに驚くべきことに、あの冷徹なアマツがにこやかな笑みをこちらに向けていた。

「無闇に泣くな。強がることを忘れてしまえば人は際限なく弱くなってしまう」

アマツの言葉は、ミリセントの心にじんわりと染みていった。

「お前をこんな気持ちにさせる世界が憎いだろう。復讐をしたいだろう。殺してやりたいだろう。いや俺は除けよ。——とにかく、そういう殺意を胸に秘めて修練していけばお前は無限に強くなれる。俺がお前を強くしてやる。俺だけはお前の味方だ」

ミリセントは呆けたようにアマツを見上げる。

こんなに優しい言葉をかけてもらったのは初めてだった。干からびていた心がみるみる潤っていくようだった。アマツのことが冗談抜きで救世主のように見えた。

「私は……これからどうすればいいの？」

「自由に振る舞いたまえ。それが人間本来の生き方というものだ。愛しいと思ったものを愛で、憎いと思ったものを殺せ。お前に殺したい相手はいるかね？」

すぐに浮かんだ。

ミリセントの不幸な境遇の根本原因。

テラコマリ・ガンデスブラッド。

「ならばどんな手段を使ってでも殺したまえ。そのための力は、俺が与えてやろう」

真摯な瞳に見つめられ、ミリセントは胸を高鳴らせた。

こうして少女はいとも容易く靡いてしまったのである。

――はっきり言ってお前には才能がない。烈核解放なんぞ逆立ちしたって使えるようにならんだろう。とはいっても見所がないわけじゃない。烈核解放は無理だが、それ以外の才能ならば羨ましいほどにある。だからそんなに悲観するな。烈核解放は無理だけどな。

アマツはペトロのお葬式をしてくれた。聞き慣れない東国風の祝詞を唱え終わると、彼は神妙に頷いて、「これでペトロは安らかに眠れるはずだ」と保証してくれた。

それからミリセントの精神はいささか変容した。

父の教えは正しかったのだ。この世は弱肉強食。強くなければ生きていけない。殺すこともできない。

アマツ先生は相変わらず厳しかった。毎日のように新しい痣ができる。痛みは継続する。しかし以前のようにいやいや教えを受けるわけではない。どうしたら自分が強くなれるのかを第一に考えながら、積極的に修練に取り組んでいった。

だが、ミリセントに心の平穏が訪れることはなかった。

ヴィルヘイズ。

テラコマリ・ガンデスブラッド。

そういう〝才能ある他者〟の存在が、常にミリセントの劣等意識を刺激していた。

特にテラコマリのことは心底気に食わなかった。

ミリセントと同格の家柄。きれいな顔立ち。イジメを看過できない眩いばかりの正義感。そしておそらく秘めているであろう烈核解放――誰もが羨むそれらの要素を掌中でほしいままにしている。あれこそミリセントが渇望してやまない理想的な吸血鬼像に他ならなかった。

そして何より、あいつがいるせいでミリセントは父から怒鳴られるのだ。

許せるわけがなかった。

——どんな手段を使ってでも殺したまえ。

ミリセントはアマツの言葉に従うことにした。

もはや遠慮などする必要はない。アマツ先生の許可があるのだ。

目障りなやつは心の赴くままに壊してしまえばいい。

ミリセントはヴィルヘイズの時と同じように、周りの生徒たちを誘ってイジメの構図を完成させていった。相手は大貴族の娘だが、ミリセントのように派閥を築き上げているわけではなかったので、大した苦労もなかった。

校舎裏にテラコマリを呼び出して暴行を加える。

「きゃははは！　ほらほら、嫌だったら烈核解放でも何でも使って抵抗してみせなさいな」

烈核解放を使ってくるのならそれはそれでいい。取り巻きの一人を盾にして最初の一撃を防ぎ、能力の性質を見極め、逆に殺してやるつもりだった。

しかしテラコマリは抵抗をしなかった。

力を持っているはずなのに、ただただ耐えるだけ。

ヴィルヘイズの時と違ったのは、それでも彼女がミリセントに屈することがなかったという点であろう。殴られても蹴られても彼女の瞳から生気が消え失せる気配はなく、常にミリセントに対する非難の心を失わないのである。あまりにも眩しかった。その眩しさが自分の暗さと対比されているようで、腹立たしくて仕方がなかった。

とりわけミリセントを激昂させたのは、彼女がぽつりと呟いたこの一言だった。

「可哀想」

耳を疑った。こいつは何を言っているのかと思った。

テラコマリは地面に蹲りながら、たどたどしく言葉を続けた。

「何か、悩み事があるの……？」

どの口がほざくのかと叫んでやりたかった。すべての原因はお前だ。お前のせいで私は不幸のどん底に突き落とされたんだ。人の苦労も知らないで、そういう弱い者を見るような目でこっちを見るんじゃない。私は強いんだ。お前よりもはるかに強いんだ――

そんなふうに絶叫しながらも、一方でミリセントは驚嘆してもいた。

これほどの仕打ちを受けながら、まだ相手にそんな言葉を投げかける余裕があるなんて。

テラコマリの精神を屈服させる必要があった。

ゆえにミリセントは彼女の素性や経歴を調べ上げ、もっとも〝効く〟であろう一手をぶちかますことにしたのである。

「――ねえ、そのペンダント、貸してくれない？」

効果は抜群だった。テラコマリは珍しく暴れてミリセントに抵抗し、それがあまりにも必死なものだから ゲラゲラ笑いながら彼女の様子を面白がって――そこまでは覚えている。

☆

そこから先には記憶の断絶がある。

気づけば病院のベッドに寝かされていたのだ。

病院とはすなわち死体安置所である。つまり自分は死んだらしいのだ。だが理由がさっぱりわからない。テラコマリで遊んでいて死ぬなんてことがあるだろうか。

しばらく呆然としていると、帝国軍の偉い人がやってきてこう言った。

「ミリセント・ブルーナイト。大量虐殺罪および国家反逆罪できみを国外追放する」

思考が停止した。何がどうなっているのか見当もつかなかった。

彼によれば、ミリセントがテラコマリのペンダントを奪おうとしたあの日、帝立学院で大量虐殺が発生したのだという。死者百名にものぼる大事件だ。てっきり自分はこれによって死んだのかと思っていたが、どうやら違うらしい。なぜなら――この事件の犯人の名前が、ミリセント・ブルーナイトであると新聞で報道されていたからだ。

「どういう、ことなの……?」

「それは自分の胸に聞きたまえ。とにかくきみはもうムルナイトの吸血鬼ではない。死ぬまで地下牢に幽閉されたくなければ、即刻立ち去るといい」

わけがわからなかった。

だが、一つだけわかることはあった。

恐怖。脳の奥底に恐怖の映像がこびりついている。

紅色の瞳、飛び散る血液、真っ赤に染まった小指——テラコマリのペンダントに触れたあの瞬間、何かとんでもないことが起きたに違いなかった。

そうしてミリセントは本能で悟った。

自分はテラコマリに殺されたのだ。

「そんな、馬鹿な……」

やつは最後の最後で奥の手を使いやがったらしい。

愕然とした。たとえ烈核解放を発動されたとしても返り討ちにしてやる自信がミリセントにはあった。血反吐が出るような厳しい訓練を毎日しているのだ。学院の誰よりも強くなっているという自負があった。あんな小娘にやられるわけがないだろう——そう思っていた。

だがこの結果はなんだ？

完全に力でねじ伏せられてしまったではないか。

「う、ううぅ……」

悔しさのあまり涙が出てきた。

こんな結果はあんまりだと思った。

才能の差とは——こんなにも残酷なものなのか。

しかし、それ以上は泣いている暇もなかった。あれよあれよという間に国を追い出されてしまったからだ。

当時は本当にわけがわからなかった。

数年後に調べてようやく大まかな流れが理解できた。

つまり、これは陰謀だったのだ。

大量虐殺を行ったのはテラコマリで間違いはないだろう。だが彼女の父親は娘の不祥事が公になるのを恐れた。ゆえにやつは狡猾な一手を講じた。虐殺の濡れ衣をミリセントに着せることで娘の罪を帳消しにし、さらに政敵であるブルーナイト家をも没落させようとしたのだ。

そんな馬鹿なと思うかもしれない。

だが有り得ない話ではなかった。テラコマリの父親——アルマン・ガンデスブラッドは、己の利益のためならどんな汚いことでも平気でする政治家だ。父が憎々しげにそう漏らしていたのを何度も聞いている。さらにアルマンは今上皇帝の学生時代の後輩らしい。皇帝がアルマンの行いを擁護しているのであれば、こういう馬鹿げた事態に陥るのも納得できるだろう。

とにかくこうしてミリセントは国外に追放された。

父やアマツとも離れ離れになってしまった。

ミリセントは泣いた。ペトロを失ったときのようにわんわん泣いた。国外を這々の体で流浪しながら、夜ごとに頬を濡らして悲しみを押し殺した。そうして泣いているうちに増幅していったのは憎しみである。

弱い自分への憎しみ。

無慈悲な世界への憎しみ。

そして、ミリセントをいとも簡単に殺してのけたテラコマリへの憎しみ。

そうだ。テラコマリだ。

あいつのせいで全てがおかしくなってしまったんだ。

やられたままでは気が収まらなかった。絶対に殺し返してやらなければならなかった。くそったれな烈核解放など今度こそ粉々に打ち砕いてやる。打ち砕いてやれるだけの力をつけてやる——そう決意を新たにしたとき、ミリセントのもとに悪魔の福音が訪れた。

「ミリセント。やはりお前は良い目をしているな」

黒髪紅瞳。ひらひらとした衣服。飄々とした立ち居振る舞い。忘れるはずもなかった。

ミリセントの師、アマツである。

彼は邪悪な微笑みを浮かべてこう言った。

「まさかこんな展開になるとは微塵も思っていなかったが、しかしまあ、こうして再会できたのは天の采配としか思えん。——さあミリセント、お前さえよければ俺のもとへ来い。〝逆さ月〟は諸手を挙げて歓迎するぜ」

☆

それからの三年間は必死になって戦った。「強くなりなさい」という父の教えは未だにミリセントの中で生き続けていた。ただしブルーナイト家のために強くなるのではない。自分のために強くなるのだ。強くなってテラコマリを殺害して、そうして初めてミリセントは生まれ変わることができる。アマツと一緒に〝逆さ月〟の活動に没頭することができる。

だからミリセントは死ぬ気で努力をした。

そして三年が経ったある日、再びやつの名前を目にすることになる。

『新七紅天誕生「全世界をオムライスにしてやる」』

ふざけているとしか思えなかった。

だがミリセントの心は大きく揺さぶられた。

身体が震えた。思い出したくもない記憶が次々と蘇ってきた。そうして膨れ上がった憎しみは激烈な炎となってミリセントの身を焦がす。自分はテロリストとして血生臭い毎日を送っているというのに（それは自分で望んだことでもあったが、彼女と対比すると己の生き様がミジメに思えてしまうときがある）、あいつは七紅天大将軍として周囲からちやほやされているのだ。こんな理不尽があってたまるかと思った。

ミリセントは三年ぶりに故国へと舞い戻り、テラコマリの情報を探った。実際にムルナイト宮殿へ赴いて彼女の仕事ぶりを己の目で確認した。

彼女は笑っていた。

いかにも人生を謳歌していますと言わんばかりの表情だった。

あれだけの力を持ちながら精神的にも満ち足りているなんて——

怒りで我を忘れそうになった。

血が出るほど強く唇を噛んでしまった。

絶対に。

絶対に——絶対に絶対に絶対に絶対に絶対に絶対に絶対に絶対に絶対に絶対に絶対に絶対に絶対に絶対に絶対に絶対に絶対に絶対に絶対に、
殺さなければならない。

それもただ殺すだけではいけない。やつの精神を根本からへし折らなければならない。これまで将軍として持て囃されてきたぶんだけ絶望させてやらなければならない。ついでにヴィルヘイズのやつも一緒に殺して過去を清算するのだ。

そうして初めてミリセントは真っ当な生を送ることができる。

そうに決まっている。

7　孤紅の恤

ヨハン・ヘルダースは戦慄していた。

ここ二週間ばかりヨハンが寝泊まりしているラ＝ネリエント街の廃城、その奥深くにある教会の祭壇に、見覚えのあるメイドが磔にされていたのだ。

釘で貫かれた両手の甲からじくじくと赤い血液が流れ出している。

わけがわからない――ヨハンは胸中に得体の知れない不安が渦巻くのを感じる。

「お、おい……あれは何だ？」

傍らに立っていたミリセントに問う。ヨハンは「面白いものを見せてあげる」と言われたから彼女についてきたのだ。この光景の面白さが微塵も理解できない。

「見てわからないの？　あれはヴィルヘイズ――ガンデスブラッド家のメイドよ」

「知ってるよ。テラコマリにいつもくっついてた気味の悪いメイドだろ。僕が聞きたいのは、どうしてそいつがここにいるのかってことだよ」

「人質に決まってるじゃない」

言いながら、ミリセントはつかつかとメイドのほうに近寄った。磔にされたまま気を失っている彼女のおとがいを、優しげな手つきで撫(な)でる。

「このメイドを確保しておけば、テラコマリは必ずやってくる。あの娘は臆病(おくびょう)だけど、正義感だけは無駄にあるのよ。絶対にこいつを見捨てないわ」

疑わしい話である。テラコマリがそれほどの気骨を持っているとは思えなかったし、そもそもヨハンはこのミリセントという女に不信感を抱きつつあった。

酒場で出会ったとき、彼女はヨハンにこう語った。

「大勢が集まるパーティー会場でテラコマリを虐殺すれば、あの小娘に恥をかかせることができる。いや、恥どころじゃない。化けの皮を剝(は)がされた偽七紅天(しちぐてん)は国中の吸血鬼たちから詐欺師の汚名を着せられることになるわ」

じゃあ僕が忍び込んで殺してやるよ——ヨハンはそう言ったのだが、

「だめよ。それだとあんたが国家反逆の罪に問われてしまう。実際に殺すのは私が引き受けるわ。あんたは会場まで私を案内してくれればそれでいい」

自分で手を下せないのは釈然としなかったが、罪人になるのも避けたかった。そんなこんなでミリセントの作戦を承諾したヨハンは、軍人の身分を最大限に活(い)かして堂々と宮殿に立ち入り、予(あらかじ)めパーティー会場に〝門〟を構築するに至ったのである。

だが、結局ターゲットを殺すことはできなかった。皇帝主催のパーティーが台無しになっただけで、テラコマリの評判が落ちたという話も聞かない。

そうしてヨハンは少し頭が冷えた。

よくよく考えてもみれば、テロリストと結託するメリットが微塵もないのだ。復讐したければ勝手に復讐すればいい、殺したければ勝手に殺せばいい、小細工など弄する必要はない

――それが〝獄炎の殺戮者〟の流儀だったはずだ。

ところが、どうやらヨハンは深みに嵌ってしまっているらしい。

いまさら第七部隊に帰れるわけもない。それに宮廷の連中は魔力の残滓からヨハンが門を構築したことを突き止めているだろう。

ムルナイト帝国には、もう、ヨハンの居場所はどこにもないのだ。

だからこうして、ぐだぐだとミリセントに付き合う羽目になっている。

「――なあ。もしテラコマリを殺せたら、僕は」

ヨハンの言葉が途切れた。あまりにも信じられない光景を見てしまったからだ。

ミリセントがメイドの肩口に神具を突き刺していた。

魔核の回復力を無効化する、おぞましき銀のナイフ。

メイドが苦悶の表情を浮かべ、抉られた肉の隙間から赤い液体が垂れてくるのを見た瞬間、ヨハンは泡を食って駆け出していた。

「な、何やってんだよお前っ！」慌ててミリセントの肩に手を置いて、「そんなことしたら本当に死んじまうだろッ！」

「――本当に死ぬ？　わけのわからないことを言うのね、あんた」

ヨハンは得体の知れぬ怖気を感じて硬直した。

真冬の吹雪を連想させるような、どこまでも冷えきった声。

「これはテラコマリが来るまでの退屈しのぎよ。文句ある？」

「だ、だったら神具なんて使う必要ないだろ。傷が残っちゃうだろ、それじゃ……」

「……ねえ、テラコマリに復讐するんじゃなかったの？　殺すんじゃなかったの？」

「そうだけど、本当に殺したいわけじゃなくて」

「ふざけたこと言ってると殺すわよ」

ヨハンは蛇に睨まれた蛙のように動けなくなった。

ミリセントが振り返る。紛れもない殺人鬼の瞳でヨハンを睨みつける。

「お前は〝逆さ月〟の協力者としての自覚が足りないようね。――じゃあ質問するけど、死を伴わない殺しに何の意味があるの？　言ってみなさいよ」

「せ、戦争とかに役立つし」

「そう。てっきりお前は私と同じだと思っていたけど、違うみたいね」

ミリセントは薄く笑うと、メイドの身体から銀のナイフを引き抜いてそれを左手に持ち替えた。ヨハンは呆然としながらその動作を眺めていた。まったく殺気がないので気づかなかった。

ナイフの切っ先が、ぬるりとした動きでヨハンの胸元に滑り込む。

★

ラ＝ネリエント街は帝都下級区に広がるスラムである。普段なら足を踏み入れる気には決してなれないが、今日ばかりは心に勇気の火を灯さなければならない。

澱んだ空気。薄暗い街並み。

ぼろぼろの家屋から時折視線を感じるが、誰かが話しかけてくることはなかった。

おそらくムルナイト帝国の軍服に恐れをなしているのだろう。それもただの軍服ではない——準一位の官であることを示す《望月の紋》があしらわれた特注品。

びくびくしながらしばらく進むと、やがて目的の廃城が見えてきた。

役所の地誌によれば昔の富豪が道楽で建てた別荘らしいが、持ち主が姿を消してからは野盗だの動物だのの住みかになっているらしい。

私は深呼吸をしてから門をくぐった。

そう、これからミリセントと直接対決をするのだ。もちろん準備は済ませてきたが、それでも怖いものは怖い。尻尾を巻いて退散してしまいたい。

だが、それではダメだ。過去と決別すると決めたのだから。

もう一度だけ深呼吸をすると、私は城壁にぽっかりと穿たれた大穴から建物の内部に入っていく。薄暗い、墓地のような場所だった。散乱した瓦礫や家財道具を踏まないように注意して進んでいくと、やがて奇妙な扉があるのを発見する。黴や錆で真っ黒になっているが、やたらと豪奢な装飾の施された扉だった。

そうして直感的に理解した。

ここだ。この先に、ヴィルとミリセントがいる。

私はゴクリと唾を呑み込むと、恐る恐るといった調子で扉を押し開ける。

扉の奥に広がっていたのは、古びた教会のような風景だった。この城の持ち主は神聖教でも信じていたのだろうか――そう思って一歩足を踏み入れた時、

「よくきたわね、テラコマリ」

名前を呼ばれて心臓が飛び出るかと思う。

見れば、祭壇の近くにミリセントが立っていた。右手には銀のナイフ、左手はポケットに突っ込んで、爬虫類じみた瞳を爛々と輝かせてこっちを見つめている。

恐怖で足が竦みそうになった。

だが、彼女のすぐ隣に視線を移した瞬間、そんな恐怖を感じる余裕などなくなってしまった。

見覚えのあるメイドが、十字架に磔にされていたのだ。

「――ヴィル！」

「おっと、慌てなくてもいいわよ。こいつはまだ死んでない。いずれ殺すけど」

きゃははは――ミリセントは甲高い笑い声をあげる。

私は震える手に力を入れて拳を作ると、やつを精一杯睨んでやった。

「……ヴィルを返せ」

「まあまあ、急かさなくてもいいじゃない。せっかく二人で水入らずの話ができるのよ？　あんただって、私に言いたいことが腐るほどあるんでしょ？」

「そんなにない」

「私はあるのよ」

祭壇から飛び降りたミリセントは、足音を響かせながら近づいてくる。

「――ねえテラコマリ。私があの日からどれだけの苦痛を味わってきたかわかる？」

「あの日？　いつだよ……」

「三年前の今日。私があんたのペンダントを奪おうとした日のことよ」

「…………」

覚えている。私が引きこもる原因となった日だ。

あの日以来ミリセントは学院から姿を消したようだが――

「私の人生はあの日から一変してしまった。あんたのクソオヤジが私の一族に国家反逆の濡れ衣を着せて国外追放しやがったのよ」

「えっ……」

「学院を追われ、国を追われ、一家は離散し帰る場所もなくなって、最後にたどりついたのがテロリストグループ〝逆さ月〟だった。――あんたが優雅な引きこもり生活を楽しんでいる間、私はこの世界の悪意を嫌というほど味わってきたの」

ナイフをくるくる弄(もてあそ)びながらミリセントは語る。

「私がこんな目に遭ったのはテラコマリ、あんたのせいなのよ。確かに私は国を追放されたおかげで〝逆さ月〟という崇高な組織に身を置くことができた。でもそんなのは結果論でしかない。組織の理念――たとえば『魔核破壊』だの『死こそ生ける者の本懐』だの、そういう考えにはもちろん共感しているわ。けれども、私の心の奥底で燃えているのは、そんな宗教じみた思想なんかじゃ断じてない。三年前から私の心の奥底にある絶対不変の信念――それは復讐の心。テラコマリへの殺意。これだけなのよ」

「な、なんだよそれ！　そんなの逆恨みだろ！」

「でも憎しみは確かに存在している。私の心を黒く焦(こ)がしている。放っておいたら私は真っ黒に燃え尽きてしまう。だから――わざわざ三年前と同じ日付を選んでお前を誘き寄せたのは、過去のケジメをつけるため。これはあんたを殺して新しい一歩を踏み出すためのセレモニーなのよ」

「っ……」

なるほど、と私は納得してしまった。

　こいつも私と似たようなものだ。三年前のトラウマから脱却できず、真っ当な気持ちで今を生きることができない迷い人。となれば話し合いは期待できないだろう。一縷の望みにかけて説得用の札束も持ってきたが、それも無駄となった。

「お前の気持ちはわかったよ。本当に私を殺したいんだな」

「最初からそう言っているる。泣いても喚いても絶対に許さない。私がこの手でじっくりこってり殺してあげるわ。——そうねえ、これからあんたをオムライスみたいにしてあげる。ケチャップぶちまけられて中身をほじくり出されたオムライスみたいにね。好きなんでしょ？　オムライス」

「え？　いや、実はハンバーグのほうが好きなんだけど……」

「じゃあハンバーグにしてやるよッ！」

「ちょっと意味わかんない……」

「やめろテラコマリっ！　それ以上挑発するな！」

　教会の隅から叫び声があがった。ふと見やれば、そこには金髪の男——ヨハン・ヘルダースがお腹から血を流して這いつくばっていた。予想だにしない人物だったので困惑してしまう。

ヨハンは必死の形相で私を見つめ、

「こいつは正真正銘の殺人鬼だ！　お前みたいな非力な小娘に太刀打ちできる相手じゃねえんだよ！　命が惜しければ大人しく帰って引きこもっていろ！」

「お前、どうしてここに……？」

「どうでもいいだろ！　とにかく逃げろ！　こいつはやばい、神具を持ってるんだ。見ろよ、この胸の傷……痛いんだぞ、治らないんだぞ」

「そうか……」

私は拳を握りしめ、

「遅れてごめん。いま助けてやるから、じっとしていろ」

ヨハンは呆気に取られたような顔をした。

しかしすぐにその表情は崩れ、「ばかやろうばかやろう」と嗚咽を漏らし始める。

「お前は馬鹿だ。宇宙一の大馬鹿だ。僕は……僕は、お前を殺すためにこいつに協力したんだぞ？　だいたいお前にはどうにもできない。こいつは殺人鬼だ。そこらの荒くれ軍人とはわけが違う。メイドのことなんか忘れてさっさと逃げ――――うぐッ⁉」

ヨハンの身体が跳ね上がった。

ミリセントの放った初級光撃魔法【魔弾】が彼の太腿を貫いたのだ。ヨハンは苦痛の絶叫をあげて床の上をのたうち回っている。

私は愕然とした。

あの女は、他人のことなど虫けらのようにしか思っていないのだ。

「五月蠅い羽虫は黙ってなさい。私はこれからテラコマリと殺し合うのよ」

ミリセントは銀のナイフをヨハンに突きつけた。魔核の回復力を無効化する神具。あれで頸動脈でも切られれば、ヨハンは完全なる死を迎えることになる。

そんなことが許されていいはずがない。

自分の部下が殺されようとしている光景を見て、私は身体の芯から灼熱の炎が燃え上がってくるのを感じた。

これは怒りだ。今までの人生で味わったことがないほど、激甚な怒り。

私は咄嗟に軍服のポケットを漁ると、中から鮮やかな小石を取り出して投擲した。

「なっ——魔法石⁉」

ミリセントが驚愕に目を見開いた。

飛んでいった魔法石は、ヨハンがいた場所に着弾して爆散した。

「ギャアアアアアアアア‼」

ヨハンの悲鳴があがった。すさまじい爆風に転びそうになりながら、なんとかミリセントの一撃を防げたことに安堵する。神具で殺される前に魔法石で殺しておけば、少なくとも復活するまでは安全なはずだ。

「——げほっ、ごほっ……はは、ははは……いいねえテラコマリ。ちゃんと戦う準備はしてきたってわけか」

徐々に晴れていく爆煙の向こうに細身のシルエットが浮かび上がる。

私は緊張で汗がにじむのを感じながらポケットに手を突っ込んだ。持ってくることができた魔法石の数はそんなに多くないので、はやいうちに決着をつけなければ打つ手がなくなってしまうだろう。

間もなく視界が鮮明になると、凶悪な笑みを浮かべるミリセントと視線が交錯した。

そして、何の前触れもなく【魔弾】を雨あられと発射してきた。

★

その頃、コマリの父親、アルマン・ガンデスブラッドは大急ぎで宮殿を駆けていた。

気づいたらコマリがいなくなっていたのだ。しかも彼女の部屋にはおびただしい血痕が残っていた。これが事件でなかったら何だというのか。

「陛下ッ！　コマリが……コマリがいなくなってしまいました」

挨拶もなしに謁見の間に転がり込むと、アルマンは鬼気迫る勢いで皇帝陛下を睨み上げた。

何十年も前から老いることを忘れた金髪巨乳美少女は、腹立たしいほど泰然とした態度で玉座にふんぞり返っている。

「……いなくなった？」

「はい。いつの間にか」

「いまさら気づいたのか？」

「は？」アルマンは呆けたような声を出してしまう。

皇帝は呆れ果てたように溜息を吐き、

「聡明なようで愚鈍な男だね、お前も。コマリはつい一時間ほど前にガンデスブラッド邸を出発したよ。ミリセントに攫われたヴィルヘイズを助けるために、単身で敵の本拠地に向かったらしい。見張りからそう報告を受けた」

「な、なぜ」

「なぜ知っていながら座しているのか——そう聞きたいようだが、では逆に聞こう。朕が動いたところであの子のためになるかね？」

「動いて頂かなければコマリが殺されてしまいます。見捨てるのですか」

「見捨てるわけがなかろう。コマリは朕とユーリンの娘なんだぞ」

「事実を歪曲しないでください。コマリは私の娘です」

「細かいことは気にせんでいい。だいたいな、お前は過保護すぎるんだよ。此度の騒動にしたって、お前がブルーナイト家を国外追放しなけりゃ起こらなかったんだ。——とにかく、朕はコマリを助けたりはしない。助けることはすなわち見捨てることだ。あの子は自分の力で過去と決別する必要がある。これは良い機会なんだよ」

「それはあまりにもスパルタでしょう」

「まあ案ずるな。朕は吸血鬼だが鬼じゃない。どうしようもなくなった時のための手は打ってあるさ——しかし、朕の出る幕があるとは思えないがね」

「それはどういう」

「お前がいちばん知っているだろう？　あの子は普通じゃない。異常性という点ではこの朕すら凌ぐほどだ」

「…………」

沈黙が舞い降りた、その時だった。

「し、失礼しますっ！　陛下、大変です」

静寂を打ち破るようにして女官が謁見の間に駆け込んできた。慌てて走ってきたのであろう、頰は上気しているし息も荒い。皇帝はぴくりと眉を動かして、

「……どうした、汗だくだぞ。朕とお風呂に入るか？　それとも舐めてやろうか？」

女官は皇帝のセクハラ発言を華麗に無視してこう言った。

「第七部隊の方々が、暴徒と化して帝都下級区へ侵攻を始めました」

★

「ラ＝ネリエント街ですか。閣下も人が悪い」

宵闇に包まれた帝都をものすごい勢いで駆け抜けていく集団がいる。

帝国軍第七部隊・コマリ隊の吸血鬼、約五百名である。

統率されている様子は微塵もなく、どいつもこいつも血走った目をして好き放題に走っている。一般住民から「暴徒が出た」などと通報されていることにも気づかない。それだけ彼らは必死なのだった。

「ふん……後で処分されること間違いなしだな」

ベリウスが呆れたように呟いた。が、この男も腹の痛みを我慢して走っているあたり、よほど閣下と一緒に戦いたいらしい。並走するカオステルがニヤリと笑い、

「処分などどうでもいいでしょう。閣下が殺意を燃やしていらっしゃるんですよ？　大人しく待機だなんて馬鹿馬鹿しいったらありゃしない」

後先のことを少しでも考えているのは真面目なベリウスだけのようだ。他の連中はみな有り余る戦意をまといながら必死で閣下の居場所へと向かっていた。第七部隊は泣く子も黙るアウトロー集団。必要とあらば上官命令をも無視して己が本能に従うのだ。

彼らが血眼になって目指している場所は、帝都下級区・ラ＝ネリエント街。

そう、閣下の居場所がわかったのである。

彼女は去り際、部下たちに自分の行く先を教えなかった。だがカオステルには【引力の網】という魔法がある。対象の身体の一部があれば居場所を特定することができるのだ。しかし秘

蔵の髪の毛は泣く泣く消費してしまった。どうしたものか――そんな感じでカオステルが途方に暮れていると、ふとメラコンシーが一本の金糸を差し出してきた。

「HERE YOU ARE!」

「は?」

「イエーッ! 閣下の部屋にオレ侵入。ぱっぱと枕の毛を回収。完全犯罪気持ちイイ。やっぱりオレって頭イイ」

ラップ野郎が集団リンチされたのは言うまでもない。

とにかく、これで手がかりは掴めたわけである。閣下は遠回しに「来るな」と言っていたが、そんな言いつけなど守れるわけがなかった。なぜならコマリ隊はアウトロー集団。命令違反の罰を受ける覚悟などとっくにできている。というかむしろ罰を受けたい。閣下に言葉で詰られるとか足で踏みつけられるとか首を絞められるとか。

「お待ちください閣下! 我々もご助力に向かいますよ!」

うおおおおおおおおおおおおおぉぉぉぉ――――っ!

雄叫びをあげながら、コマリ隊の吸血鬼どもは爆走を続ける。

★

魔法の発動を察知すると同時に死ぬ思いで長椅子の下に潜り込んだ。嵐のような勢いで襲いかかる【魔弾】が壁だの椅子だの扉だのに次々と穴を開けていく。

「ほらほらほら！　いつまでもネズミみたいに隠れてないで出てきなさいよ！　あんたの大切なメイドちゃんが殺されちゃうわよーっ⁉」

「くそっ……」

鼻先を弾丸が掠めた直後、私は勇気を振り絞って椅子の下から這い出た。ミリセントの顔が喜色に歪む。彼女が【魔弾】の照準をこちらに定めると同時、私はポケットから取り出した魔法石・【障壁】を地面に叩きつけた。

次の瞬間、構築された魔力の壁が弾丸と激突して甲高い音が響く。

ミリセントは何発か弾丸を打ち込むが、【障壁】が打ち破られる気配はない。

これはいける――そう思った私は別の魔法石の準備に取り掛かっていた。次は攻撃系がいい。できるだけ一撃で仕留められるような高威力のやつを――

「――うぎゅっ、」

肩に鋭い痛みが走った。

どうやら掠めたらしい。いつの間にか【障壁】に風穴が開いており、そこを狙ってミリセントが弾丸を次々に打ち込んできていた。ポケットから零れ落ちた魔法石が床に散らばり、慌てて拾おうとした瞬間、がしゃあああん！　というチープな音を立てて【障壁】が崩れてしまった。

　まずいと思った時には遅かった。

　衝撃音が轟（とどろ）いた。

　魔力の弾丸は呆気なく私の左肩に突き刺さった。あまりの衝撃で私の身体は後方に吹っ飛び、薄汚れた床をごろごろ転がり石壁に頭を打ちつける。

　呻き声をあげながら体勢を立て直そうとして、しかしできなかった。

　激痛が数秒遅れてやってきた。

　火で焼かれるような痛み。肩口からじくじくと血液が流れ出して、まるで腕の辺りに心臓があるかのようにズキズキしていた。涙が溢（あふ）れてきた。いくらのたうち回っても痛みは消えず、刻々と近づいてくる明確な死の予感に初めて私は心の底から恐怖する。

「――なァにやってんのよ。そんなに早く死んじゃったら面白くないでしょうが」

　ミリセントは銀のナイフを器用に回転させながら笑っている。

　そうだ。神具で切りつけられたわけじゃない。放っておけば魔核の力で回復するのだ。

　でも痛い。痛いものは痛い。血が止まらない。どうしてこんな目に遭わなくちゃいけないいんだろう。どうして――

　ふと、祭壇の上で磔にされているヴィルに目が行った。

　彼女は見るだに悲惨な姿を晒（さら）していた。

身体のいたるところに裂傷があり、ぽたぽたと零れ落ちた血液が祭壇の上に紅色の川を作っている。手足は釘で板に打ちつけられ、ともすれば自重によって身体のパーツが千切れてしまいそうだった。

あいつの苦しみと比べたら、この程度の痛みが何だというのだ。

こんなところで死んでたまるか。

「――お？　まだ立てるの？　やるじゃない」

壁に手をついてなんとか立ち上がる。全身は痛むし、足はがくがく震えているし、恐怖で心が挫けそうになっているけれど、それ以上に目の前のテロリストが許せなかった。

「……私は、負けないっ！」

ミリセントが歓喜に打ち震えるがごとく口端を吊り上げた。

「ふーん。意外と根性あるわね。次はどこを撃ち抜いてほしい？　胸？　お腹？　それとも顔面をぐちゃぐちゃにしてあげようかしら？　百億年に一度の美少女を台無しにしてあげるのも一興ね」

「……訂正しろ。百億年じゃなくて一億年だ」

「は？　何その意味不明でムカつく謙遜」

「私のほうが百億倍ムカついてるんだよっ！」

辛うじて摑んでいた魔法石を投げると同時、私は死力を振り絞って走り出した。目指すはミリセントの懐(ふところ)。やつの【魔弾】の射程範囲外、私の魔法石の射程範囲内。

「きゃはっ！　特攻ォ⁉　頭がおかしくなっちまったのかよォ――ッ‼」

ミリセントの指先から連続して弾丸が放たれる。耳を掠った。痛みは感じない。感じる前に決着をつけてやる。私は眼前に迫る弾丸をつんのめって回避して、

「――爆(は)ぜろ魔法石ッ‼」

ぎゅっと目を瞑(つむ)り、先ほど宙に放り投げた魔法石を起爆した。

閃光(せんこう)が弾けた。

【白彩光(はくさいこう)】。瞬間的に莫大な光を放出することで敵の目を眩(くら)ます魔法である。

「小癪(こしゃく)な真似(まね)を――‼」

ミリセントの呻き声が聞こえた。もろに光を食らったのだろう、彼女は目元を押さえてふらついている。細い指先からでたらめに【魔弾】が発射された。椅子やステンドグラスや聖母像がみるみるハチの巣になっていく――だめだ、怯(ひる)むな、あと少しなんだ。

恐ろしい弾幕を一心不乱で掻(か)い潜(くぐ)り、ようやくミリセントの懐までたどりつく。

ミリセントが目を開けた。

その時にはもう、私は掌中の魔法石を彼女の下腹部に押し当てていた。

「このっ――」

「魔法石・【衝撃波】」

どん！　と文字通りの衝撃波がほとばしり、ミリセントの身体はひとたまりもなく弾き飛ばされた。しかし私は足を止めない。空中を飛んでいくミリセントに追いすがるようにして距離をつめると、床に背中を叩きつけた彼女に向かって魔法石・【落岩】を起動。魔力が収束し、空中にごつごつとした岩石が形成されていく。

「潰れろミリセントッ!!」

「な、何を――――なッ!?」

気づいた時にはもう遅い。あっという間に完成した魔法の岩石が、動けないミリセントの肢体に直撃した。甲高い絶叫が反響する。めきめきと骨が軋むような音。しかしまだ足りない。私はダメ押しと言わんばかりにもう一つあった【落岩】の魔法石を起動する。再び形成された岩石が流星のように降り注ぎ、ミリセントの身体を容赦なく押し潰した。

ずしん、と教会を揺るがすほどの衝撃が轟く。

今度は悲鳴は聞こえなかった。しばらくミリセントは岩の下で暴れていたようだが、やがて力尽きたのだろう、動く気配が消える。

それでも私は用心深く次の魔法石を準備していた。

誰がどう見ても死んでいるはずだ。

しかし私は不安を拭えなかった。

あのミリセントがこんなに呆気なく敗北するはずがない、魔法石の下級魔法ごときで死ぬはずがない――そして何より、私が他人を殺せたという事実が信じられない。

ところが、それきりミリセントは沈黙したまま動かなかった。

私は溜息を吐いてへたり込む。

やった――やったんだ。私は、ようやく引きこもりから脱却できたんだ。

いや、安堵している場合じゃない。私は大慌てで立ち上がると、祭壇の上で聖者の如く戒められているヴィルのほうへと走っていった。

「ヴィル！　大丈夫⁉」

彼女は反応を示さなかった。身体のあちこちから血を滴らせてぐったりとしている。

こうなったら無理にでも引き剝がして連れて帰ろう――そう思って血塗れの祭壇によじ登ろうとした時のことだった。

ふくらはぎの辺りに衝撃が走った。

「え？」

何気ない気分で見下ろす。

私の脚に、銀のナイフが突き刺さっている。

ナイフの柄を握っているのは血濡れた手。その手をたどっていくと、地獄の鬼のような顔をしたミリセントと目が合った。

「きゃはははははははは――よくもやってくれたなテラコマリイイイイッ‼」

あまりの恐ろしさに声も出なかった。

ずぷりとナイフが引き抜かれ、踏ん張ることもできずに私は転倒した。呆然とした思いで床にうずくまる。ありえない。刺された。それも銀のナイフで。魔核の効果を無視する神具で刺されてしまった——そういう動揺は一秒と続かなかった。

焼けるような激痛が背筋を這い上がってきた。

口から金切り声が漏れた。

涙がこぼれる。涎が垂れる。肉を裂かれた猛烈な痛みがじんじんと襲いかかる。この傷は治らないのだ、ずっと苦しみを味わうことになるのだ——そういう絶望的な事実を思い知らされた瞬間、気の遠くなるような恐怖を覚えて失神しそうになった。それでも生存本能はしっかりと働くらしい、私の身体は無意識のうちに床を這いずり回ってミリセントから遠ざかろうとしている。

「あれェ？　テラコマリちゃん、どこ行くつもりなんですかぁ⁉」

「ひぐっ」

いきなりお腹を蹴られて身体がびくんと跳ねてしまう。反射的に見上げる。ミリセントが口端を吊り上げてこっちを見下ろしていた。

「どう、して……」

「どうして生きてるのかってぇ⁉　きゃはははは！　あんな低級の魔法石で私を殺せると思っ

たら大間違いなんだよォッ!!」

ぐいっ、と胸倉をつかまれた。

ものすごい形相が眼前にせまって思わず目をそらす。そらした先に破壊された岩石が見えた。おそらくミリセントは防御系の魔法でダメージを和らげたのだろう――そんなことを冷静に分析している場合じゃない。

「ねえ痛い？　痛いんでしょ？　だってこんなに血が出てるんですものねえ」

「や、やめて……」

「やめるかバァ――――カッ!!」

視界に火花が散った。情け容赦なく頬を殴られたのだと理解したときにはもう、私は仰向けになって床に転がっていた。必死で立ち上がろうとしたが、脚に激痛が走って再び転倒、石畳に胸を打ちつけてしまう。

ミリセントが凄惨な哄笑をあげた。

「まー、あんたにしては頑張ったほうなんじゃない？　まさか突撃してくる根性があるとは思わなかったわ」

コツコツと足音を響かせながら死神が近寄ってくる。恐怖のあまり全身が震える。

銀色のナイフがきらりと光った。

「――でもさあ、私を殺そうなんざ三年遅いんだよ。お前はグズで泣き虫のイジメられっ子。

昔っから何も変わりゃしない。変わろうと思ったところで結果は変わらない。お前みたいなやつはね、この世に生きた証を残すことなく虫のように殺されていくの」

恥も外聞もあったものではない、いつの間にか私は嗚咽を漏らしていた。

あらゆる場所が痛い。撃たれた肩も、刺された脚も、殴られた頬も、抉られた心も、何もかもが痛かった。

「はッ、泣くの？　やっぱりお前は正真正銘のクズね。泣けばどうにかなると思ってるんだわ。――言っとくけどな、この世はそんなに甘くねェんだよ‼　お前にはわからないだろうが、私は国を追われて思い知った。泣いたって誰も助けに来てはくれないってことをな‼　いつだって頼れるのは自分の力だけなんだッ‼」

「う、うるさい、うるさい。私は、泣いてなんか、ない……」

「粋がるんじゃないわよッ‼」

指先から発射された弾丸が私の脇腹を貫いた。身体がおかしくなっているのかもしれない、もはや痛みは感じなかった。ミリセントは怒り心頭といった表情で近寄ってくると、少しの手加減もなく私のお腹を蹴りつけた。

「うぐっ」

耐えることは不可能だった。私はお腹を押さえながら床の上でのたうち回る。

「きゃははは！　無様ねえ」

ミリセントは馬鹿みたいに大笑いしながら私の髪を引っ張りあげて、

「ほらほら、今度こそオムライスにされちゃうわよ？　いいの？」

「お、まえ……私より、オムライス、好きでしょ……」

「悪いかよッ!!」

顔面を床に叩きつけられた。

視界が真っ白になって何も考えられなくなる。

「――そろそろ烈核解放を使ったらどうなの？　そうすれば少しはマシになるでしょうに。私はあんたのために三年間も準備してきたんだから、使ってくれなきゃ困るわよ」

何を言っているのかわからなかった。

私が無反応でいると、ミリセントは興醒めしたように呟いた。

「何？　発動条件があるわけ？　それとも使う気がないの？　怖気づいて戦う気力が失せちゃったの？」

「…………」

「なんとか言えよっ！」

耳元で怒鳴り散らされる。頭が破裂しそうだった。

ミリセントが盛大な舌打ちをして言った。

「……あんた、本当に何も知らないって様子ね。烈核解放があるから私に勝てると思ってここまで来たんじゃないの？」

「知ら、ない。そんなの知らない……」

「じゃあなんで来たのよ。あんたの素の実力じゃあ逆立ちしたって私には勝てない――そんなことわかりきってるでしょうに」

決まっている。

勝てる勝てないの問題じゃない。

生きるか死ぬかの問題でもない――

「……私は、ヴィルのために、」

噎せた。血が飛び散った。

それでも私は言葉を止めない。

「ヴィルを助けるために、ここまで来たんだ。私は背が小さくて、運動もできなくて、魔法も使えないダメダメな吸血鬼だけど……ここに来るのは、本当に怖くて怖くて、足が震えて、何度も引き返そうかと思ったけれど……でも、これ以上逃げるのは、嫌だったから」

息をするのも苦しかった。

それでも私は言葉を止めなかった。

「これ以上引きこもってるわけには、いかないから！　だから来たんだ！　私は弱い、そんなこと十分に知ってるよ！　でもやらなきゃいけないんだ！　私のことを思ってくれる人たちのために、頑張らなくちゃって、思ったから！」

「っ……」

ミリセントが半歩退いた――ような気がした。

しかしそれは本当に気のせいだったのかもしれない。

彼女はすぐさま怒りを爆発させて叫んだ。

「……頑張るだって？　ふざけたことぬかすなっ！　努力だけで自分の欲しいものが手に入るなら誰も苦労はしないのよッ！」

力強くお腹を蹴られた。何か反論してやろうかと思ったが力が入らない。

ミリセントは呆れたように息を漏らして言った。

「不愉快だわ。本当に不愉快。どうして自分が弱いと思っているのに立ち向かってくるのかしら。理解できない。……もういいわ。すぐに楽にしてあげるから安心しなさい。その後は――そうね、ムルナイト帝国を壊してあげようかしら。この国にはあんたみたいな不愉快な連中がたくさんいるから、全員ブチ殺してあげるの」

「…………、」

こいつは鬼だ。人の心を持っていない。

さっき「私とこいつは似たようなものだ」みたいなことを思ったけど、それはまったくの間違いだった。こいつは三年前と何も変わっていない。変わろうという気持ちが少しもない。

こいつの性根はどこまでも腐っていて、他者を苛めることでしか快楽を得ることができない殺人鬼なのだ。

身体中が痛い。力を入れても全然動かない。

もうだめだ——一瞬すべてを諦めかけたとき、

「——さて、まずはメイドのほうから殺してやろうかしら。テラコマリ、しっかり見ておきなさい。あんたの大切なメイドちゃんが肉塊になる光景をね」

なんだって？

ヴィルを——殺す？

「んー、まだ寝ているみたいね。どうせなら起きてる時に殺したいわ。そっちのほうが苦しむ顔を拝めるし——ちびちび削いでれば、そのうち起きるかしら？」

ミリセントが一歩踏み出した。

顔に凶悪な殺意を張りつけて、右手のナイフをくるくると回転させながら——

待て。

そんなことは許さない。

挫けている場合じゃ、ない。

「……やめろ」

ミリセントの足が止まった。

私はゆっくりと立ち上がる。心に勇気の炎を灯し、細胞に染み入るような疼痛を噛み殺しながら、私は死に物狂いで彼女の凶相を睨みつける。

「……ヴィルには、手出しさせない。私が、お前を、倒すから」

ミリセントがギリリと歯を鳴らした。

「あのさあ、白けることしないでくれる？　やるんだったら本気を出しなさいよ。そんな調子だと一瞬で死んじゃうわよ？」

「死ぬわけには、いかない。お前みたいなやつに、殺されてたまるか」

諦められるわけがなかった。

だって、ヴィルはどんなときでも私に尽くしてくれた。

見捨てるほうがどうかしている。

それに私は最強の七紅天大将軍なんだぞ。部下が殺されようとしているのに黙って見ているバカがあるかってんだ。

だから、目の前のこいつを、ぶっ殺してやろう。

「やあああああああっ!!」

かけ声だけは威勢よく、しかし足を引きずりながらミリセントに突貫する。

策も何もない。ただただ気合だけの特攻。あいつの顔面に一発くれてやる——その思いだけを胸に秘めて私は死力を振り絞る。

「うぜえんだよッ！」

回し蹴りが顔面に炸裂した。踏みとどまることはできず、呆気なくひっくり返ってしまう。

それでも私は諦めない。血だまりの中から全身全霊を尽くして再起する。

「まだ。まだ戦える……」

「だから、うぜえって言ってんだろうがァ――――ッ!!」

めちゃくちゃにばら撒かれた【魔弾】が頬を掠め、肩を掠め、脇腹にめり込み、ぞっとするほどの血飛沫が舞い上がったけれども私は止まらない。どうせ傷はすぐに回復するのだ。腕が折れても内臓を抉られても、今だけ我慢して突撃すればいい。

「許さない……絶対にヴィルは連れて帰るからっ！」

「正義ぶりやがって！　引きこもりだったくせにッ！」

「私は引きこもりじゃないっ！　お前を倒して新しい一歩を踏み出すんだからっ！」

「新しい一歩ォ？　だったらそのキレーなおみ足をへし折ってブチ殺してやるよッ！」

「絶対に負けないッ！　そうやって他人を平気で傷つけられるような邪悪なやつには、絶対に負けないッ！　この私がこらしめてやるッ!!」

「はッ、やれるもんならやってみやがれエエエエエエッ!!」

ミリセントが両手をかざした。魔力が集まっていく気配。まずい――そう思ったときには手遅れだった。彼女の手許に魔法陣が出現、間もなく耳をつんざくような音とともにレーザーが照射された。

上級光撃魔法【背教の邪光】。

避けることはできなかった。身体が動かないというのもそうだが、私が避けてしまったら背後で戒められているヴィルに直撃してしまうからだ。

「――ッ!!」

直後、すさまじい衝撃が全身を包み込んだ。

視界が真っ白に染まり、ほとんど意識を刈り取られそうになったが極限で耐え忍ぶ。傷が抉られ、血管が破裂し、今度ばかりは死ぬんじゃないかと思った時にはもう、私の身体は風に吹かれたように吹き飛ばされていた。

気がつけば、床の上に仰向けになって天井を眺めていた。

身体が動かない。指先すら動かせない。

痛覚はとっくにイカれてしまったようで、おそらく全身ズタボロのはずなのに少しも苦痛を感じなかった。

ああ――このまま私は死んでしまうのだろうか。

悔しい。たまらなく悔しい。ミリセントを倒すことができず、ヴィルを助けることもできず、どうしようもない引きこもりの小娘として私は殺されてしまうのだろうか。

そんなの、嫌だよ。

せっかく私が私らしくもない勇気を燃やして頑張ったというのに。

こんな結果は、あんまりだ。

「コマリ様」

絶望のどん底に突き落とされた気分で泣いていると、声が聞こえた。

最初は幻聴かと思った。しかし違った。どうやら私は祭壇の真下近くで寝転がっているらしい。視線を移すと、磔にされたヴィルのスカートの中身が見えた。

黒のぱんつ。

いや何を見つめているんだ私は。変態じゃないんだから。死の淵に立たされているせいか頭がおかしくなっているらしい。

「コマリ様」

そうして私は驚愕した。ぱんつどころの騒ぎじゃない。

ヴィルが意識を取り戻したのだ。

「ヴィ、ル……ごめん……助けられ、なかっ」

げぼっ、と口から血が漏れた。それ以上は言葉を出すことができなかった。しゃべろうと思ってもひゅーひゅーという情けない音が漏れるばかりである。

ヴィルは血の涙を流しながら微笑んだ。

「感無量です。また、私を助けに来てくれるなんて」

違う。違うんだ、ヴィル。

私は何も成し遂げられていない。無鉄砲に部屋を出てきてむざむざ殺されただけだ。希代の賢者が聞いて呆れる。

「そんなに悲しい顔をしないでください。あなたはよく頑張りました。もう引きこもり吸血鬼ではありません。これからは胸を張って生きてください」

胸なんて張れない。やっぱり私は引きこもりのダメダメ吸血鬼のままなんだ――そんな私の思いを感じ取ったらしい、ヴィルは呆れたように笑みを深めた。

そうして、私は目を見張った。

ヴィルは、釘で打ちつけられた自らの右腕を、ぶちぶちと力任せに引き抜いたのだ。釘が跳ね飛び、おびただしい量の血液がぼたぼたと垂れる。見るからに痛そうだった。ヴィルは一瞬だけ顔をしかめたが、すぐにいつもの冷静な表情に戻り、

「あなたは世界でいちばん強くて優しい人。だけど――自分に自信が持てないから、そんなに不安そうなお顔になってしまうんです」

ゆっくりと血塗れの右腕が持ち上げられた。

私の真上に、彼女の白魚のような指があった。

その指の先端から、血の雫（しずく）が、

「――まァァァだ生きてやがったのかテラコマリイイイ!」

突然不気味な大声が反響した。

言うまでもない。ミリセントだ。その姿を見ることはできないが、不機嫌な足音を響かせながら私のほうに近づいてくる。

「待ってろテラコマリイイイッ!! 私がこの《銀滅刀》で切り刻んでやるッ!!」

このままでは冗談抜きで殺されてしまう。頭ではそう理解していても、身体は動かなかった。心も動かなかった。

私の視線は、一点に釘づけになっている。

ヴィルの指。真っ赤な血液。魔力の源。吸血鬼の糧。私の大嫌いな飲み物。

「お許しくださいコマリ様。どんな罰でも受ける覚悟です」

無感情な謝罪だった。

指先から、紅色の雫が滴った。

滴った雫は重力に従い急速に落下して――ぽたりと私の唇を湿らせた。

天地が紅色に染まった。

★

膨大な〝未来〟が光の粒子となって脳髄に流れ込んでくる。

それはあまりにも眩い景色。これほどまでに洋々たる前途を視たのは生まれて初めてのことだった。【パンドラポイズン】の力を以てしても捉えきれない広大無辺の可能性――この人なら将来どんなことでも成し遂げられると思った。

――うん、大丈夫。はっきりと視えた。

――コマリ様なら、もう何があっても挫けることはない。

思わず笑みをこぼしてしまった。それは安堵の笑みだった。己が敬愛する少女の未来はこんなにも光に満ち溢れているのだ。

「――コマリ様。あなたは絶対に負けません」

それだけ呟いて、ヴィルヘイズは紅色に染まった瞳をゆっくり閉じる。

「ですから陛下、今すぐにでも軍を下級区に派遣するべきです！」

「軍なら動いているじゃないか。第七部隊がね」

「あれは軍ではありません。犯罪集団です」

「お前、仮にも帝国の正規軍隊に向かって――む。ちょっと待て」

必死の形相で訴えるアルマンを手で制すると、玉座に腰かける皇帝は眉をひそめて天を仰いだ。この非常時に何事なのか――アルマンは苛立ちにも似た感情を覚えながら彼女の言葉を待つ。

　金髪巨乳美少女は、にやりと含み笑いをして言った。

「賽は投げられたようだな」

「陛下、意味がわかりません」

「わからんなら考えたまえ。莫大な魔力反応が現れたのだよ。場所は方角的に帝都の下級区。つまりコマリが血液を摂取したということだ」

「なッ」

アルマンの頬を冷や汗が伝う。ついに引き返せぬ状況に陥ってしまったのだ。しかし皇帝は不敵な笑みを湛えたままだった。

「これで一件落着だな」

「……正気ですか。あの子に血を飲ませないために、私がどれほどの注意を払ってきたか知らぬ陛下ではないでしょう?」

「案ずるなかれ、三年前のような悲劇は起きないはずだ」

「しかし」

「お前は自分の娘が信じられないのか?　あの子は七紅天になって色々な人と出会い、染みついた負け犬根性をすっかり洗い流したのだ。今のあの子には心がある。血を飲んだって我を失うことはないだろうさ――後々肉体のほうに弊害が出るかもしれんがな」

「…………」

思わずアルマンは歯噛みする。

コマリが血を嫌う理由。それはアルマンがそうなるように催眠誘導したからだ。

本人には自覚がないようだが、あの娘には恐るべき力が秘められている。

《烈核解放》――極めて低い確率で発現する特異な能力。魔核の保護を意図的に断ち切ることによって、己の内に眠る始原の力を引き出す常識外れの最終奥義。

コマリの場合、その奥義の発動条件は『他人の血液を摂取すること』なのである。

これまでコマリが烈核解放を発動したのはたったの三度。

一度目は三歳のとき。夕食の席で初めて血を飲んだコマリは、ガンデスブラッド家の吸血鬼を一人残らず虐殺してしまった。

二度目は十歳のとき。新任のメイドが誤ってコマリに血液入りの料理を与え、そのメイドは瞬きする暇もなく虐殺された。

三度目は十二歳のとき。イジメっ子から暴行を受けた際、何かの拍子で返り血が口に入り、イジメっ子は何が起きたのかを理解する前に即死した。それどころか学院の生徒・教員も無差別に殺害され、鎮圧に出動した当時の帝国軍第三部隊の隊員および七紅天までもが殉職の憂き目に遭った。

つまり、コマリに血を飲ませることは無差別虐殺の開幕を意味するのだが――それを意図的に引き起こした張本人は、少しの憂いもない様子で優雅に足を組むのであった。

「七紅天は殺し合いのスペシャリストであり、弱い七紅天など存在するだけで国家への冒瀆だ。朕がコマリを七紅天にするのを認めた理由はね、あの子を立ち直らせたかったというのもあるが――何よりあの子が、真の意味で大将軍に相応しいからなのだよ」

「そんな……」

「ああ楽しみだねえ。朕に見せておくれよテラコマリ。帝国千年の歴史にも類を見ない至高の烈核解放、【孤紅の恤】の真価をね」

皇帝は陶酔したように頭上を見やる。

宮殿の天窓には、ぞっとするほど美しい紅色の満月が輝いていた。

★

勢い勇んで廃城に突入したコマリ隊の吸血鬼どもは、城内の教会に足を踏み入れた途端に色を失った。

あまりにも異様な光景だった。

辺り一面に誰のものとも知れぬ血液がぶちまけられている。教会の中ほどに立っているのは青髪の女。銀のナイフを装備していることから、パーティー会場を襲った件のテロリストで間違いはあるまい。

本来ならばすぐにでも襲いかかりたいところなのだが――血気盛んなコマリ隊の面々をして押し黙らせたのは、教会の奥、祭壇の上の様相だった。

メイドが磔にされている。

そして――そのメイドの下には、吸血鬼どもが敬愛してやまないテラコマリ閣下がぐったりと倒れている。

まさか、閣下はテロリストに敗北を喫したというのか。

恐ろしい想像が吸血鬼どもの間を駆け巡ったとき、異変は起きた。

閣下が、ゆっくりと、まるで墓場の底から蘇った死者のように起き上がった。ずたずたの衣服、血にまみれた肢体、凍てつくような無表情――

彼女の小さな口が、わずかに動いた。

「ころすぞ」

次の瞬間、ごうっ！　と紅色の魔力の嵐が教会に吹き荒れた。いや、教会どころの騒ぎではない。閣下から発せられた激甚な魔力の奔流は、廃城を包み、下級区を包み、帝都はおろか帝国全域を包み込むほどの勢いで天地を紅に染め上げていく。

吸血鬼どもは背筋を凍らせた。

恐怖、困惑、不安。そういう負の感情はもちろんあるけれど、吸血鬼たちを真に震わせているのは無上の期待と歓喜だった。

天を紅する大将軍。

これが、テラコマリ・ガンデスブラッドの真の実力（げきつよ）なのだ。

「閣下、」

不意に誰かが口を開いた。声は波紋のように広がっていく。

「閣下！」「コマリン閣下！」「ついに閣下が全力を出されるのか！」「テロリストなんか虐殺してくださいッ！」「コマリン！　コマリン！　コマリン！」

吸血鬼たちのボルテージは徐々に上がっていき、やがて収拾のつかないほどのコマリンコールが始まる。熱狂に包まれる教会の真っただ中で、当のコマリン閣下は、どこまでも冷徹な眼差しを己が仇敵に向けている。

★

ミリセント・ブルーナイトは眉根を寄せる。

完膚なきまでに叩きのめしたはずのテラコマリが立ち上がったのだ。しかも、量・質ともに尋常でない魔力を全身に滾らせながら。

にわかに背後で歓声があがった。

いつの間にか軍服をまとった吸血鬼どもが入口でたむろしている。あの小娘、仲間を呼びやがったのだ――ミリセントは歯軋りをしてテラコマリに向き直る。

「ねえテラコマリ、誰かに話したら人質を殺すって言ったわよね？　その十字架には爆弾が仕掛けられてるの。私がちょっと魔力を送ればすぐにでも――、」

思わず息を吞む。

いない。

テラコマリが消えている。

ミリセントは狼狽して辺りを見渡した。ありえない。どこへ逃げた？　さっきまで確かにそこにいたはずなのに――背筋を汗が流れていくのを感じた、その時だった。

いきなり腹部に強烈な一撃が襲いかかった。

「ぐ、があッ、」

口から苦悶の悲鳴が漏れ、よろめきながらも持ち前の胆力でなんとか踏み止まる。

驚愕に目を見開いて己の脇腹を見下ろす。ぱっくりと肉が裂け、どくどくと赤い血が溢れ出している。内臓をもぎ取られるような激痛だった。いや、本気でもぎ取るつもりだったのだろう。そのことを理解した瞬間、ミリセントの頰がわずかに引きつった。

「何を、しやがったアアアアアアアア!!」

吸血鬼どもが歓声をあげる。見れば、三メートルほど先にテラコマリが立っていた。

紅色の瞳を爛々と輝かせながら――それも普段の紅よりいっそう紅い瞳を輝かせながら――右手をミリセントの血で真っ赤に染めている。いじめられっ子らしい臆病風など微塵も感じられない、化け物のような風貌のテラコマリ。

彼女は何も言わない。じいっとミリセントを見つめている。

「……な、何よそれ。まさか……烈核解放……？」

「…………」

「何とか言えッ!!　見なさいよ、私の腹が裂けちまった！　この落とし前をどうつけるつもりなんだ!?　ああッ!?」

「……す」

「はあ!?　聞こえねえよッ!!」

「ころす」

テラコマリが床を蹴った。紅色の魔力をなびかせながら風のような速度で迫りくる彼女の姿を見た途端、ミリセントは本能的な恐怖を覚えて【魔弾】を連射した。両手の指から放たれた光の弾幕が教会の薄闇を切り払う。しかしテラコマリには一発も当たらない。まるで生物とは思えないような身ごなしで弾丸を回避していく。まずい、速すぎる、

「ッ」

眼前に拳が迫っていた。

小娘らしい小さな握り拳、しかしミリセントは尋常ならざる殺気を感じて咄嗟に身を捻る。

敵の顔面を射抜けなかった拳はミリセントの背後の壁に突き刺さり、
おぞましい魔力爆発が巻き起こった。

ミリセントは爆風に煽られて尻餅をついてしまう。

見れば、煉瓦の壁はオモチャのように吹き飛んでいた。

開いた口が塞がらなかった。ありえない。嘘だ。間違っている。

テラコマリの烈核解放を叩き潰してやるのはこの三年間の目標だった。やつを打倒して初めて自分が強くなったことを確認できるだろうから。

だが——こんなものは想定外だ。

ここまでやつの烈核解放が異常だったなんて。

ミリセントは腹部を押さえながら立ち上がる。やつは右手をにぎにぎしながら首を傾げている。背後では吸血鬼どもが「コマリン！　コマリン！」などとガキのように騒ぎ立てている。

——ふざけやがって。

「ふざけやがって……ふざけやがってふざけやがってふざけやがって……!!」

何が「ころす」だ。殺されるべきなのはお前に決まっている。人の思いを散々に踏みにじったやつには無残な死に様がお似合いだ。今すぐ心臓から脳髄まで蜂の巣にしてやる。

ミリセントはふらふらと後退すると、必死で魔力を練る。身体の奥底に眠るありったけの魔力を燃やす。血管がぶち切れて目から血が流れてくるけど知ったことではない。あいつさえ殺せれば。あいつさえ殺せれば。あいつさえ殺せれば。

「みりせんと」

テラコマリがこっちを向いていた。

彼女は、まるで嘲笑うかのような無表情で一言、

「おまえはあわれだな」

何かが切れてしまった。

ミリセントは我を忘れて絶叫した。

「こ、の、クソガキがあああ――――――――――ッ!!」

集めた魔力が破滅的な光線となって発射される。

特級光撃魔法【滅教の邪焜】。

床を抉り取るような勢いで極太のレーザーが進んでいった。これで終わりだ――ミリセントの口端が喜悦に歪む。

だが、驚くべきことが起きた。

テラコマリを包み込むかに思われた直前、レーザーは進行方向を真上に変えたのだ。

「なッ……、」

まるで何かに弾かれたような軌道。すさまじい轟音が響いた。上方に向かって驀進したレーザーはそのままの勢いで石の天井を突き破り――それだけに飽き足らず、階上の床だの天井だのを次々と突き破って夜空の雲をも穿って消えた。

廃城の屋根にぽっかりと穴が開いてしまった。

その穴から降り注ぐ月の光が、教会の内を紅色に染め上げていた。

ミリセントは戦慄しながらテラコマリを見る。

彼女の正面に魔法陣が展開されていた。あれは上級反射魔法【浄玻璃】だ。魔法陣に触れた攻撃の軌道を自在に操ることができるという、使い手のほとんどいない秘技。

「どうして。どうしてそんな魔法を――ウグッ」

左腕が弾き飛ばされるような衝撃。

次いで、想像を絶する痛みが襲ってきた。

ミリセントは絶叫しながら自分の左手に目を移そうとした。しかしできなかった。そこに左手はなかった。文字通りに弾き飛ばされた左腕は、教会の隅でミミズのようにのたうち回っていた。

下級光撃魔法【魔弾】である。

あの小娘は、あえてミリセントの得意技で反撃してきやがったのだ。

許せない許せない許せない許せない――一刻も早くブチ殺してやらなければ、

「⁉」

そうしてミリセントは違和感を覚える。

足が動かない。まるで誰かに掴まれているかのような――

「ひぃいいっ⁉」

ミリセントは情けない悲鳴を漏らした。足許の血だまりから紅色の手がにょっきりと伸びていて、ミリセントの足首を力強く握っていた。

「なん、だ、これッ」

いや、「握る」などという生易しいものではなかった。

紅色の手は万力のような馬鹿力でミリセントの脚を握り潰そうとしていた。必死で【魔弾】を打ち込むも、もともと血で構成されているせいだろう、穴は開くのだが力が弱まる気配は微塵もなく、やがて弾丸を一発撃つ魔力すらなくなってしまう。

やめろやめろと叫んでも意味はなかった。

ばきりと足首の骨が破壊された。

あまりの激痛にミリセントは絶叫して崩れ落ちる。折れた骨が皮膚を突き破って外に出ていた。血の気が引くような気分だった。

なんだこれは。

こんな魔法は聞いたこともない。

「ふ、ざ、けるな、ふざけるな、ふざけるな……」

呪詛を呟きながらテラコマリに目をやる。

やつは瞳に冷徹な光を湛えながら歩み寄ってくる。

紅色の月光に照らされた、血塗れの少女。

ミリセントは思わず身震いした。

そうして妙な既視感を抱いた。

頭で覚えているのではない、身体が覚えている。

この感覚は――三年前、テラコマリからペンダントを奪った後に感じたあれと同じだった。

ミリセントはこの三年間、あのときの借りを返すために必死で努力してきたのだ。

でも。まさか、そんな。

私の努力は無意味だったのか？

最初から、こいつは私の手に負えるような相手ではなかったのか？

「うおおおっ！　閣下！」『やっちまえーっ！』『テロリストなんざこの世のゴミ！』『閣下かっこいーッ!!』『結婚してくれーッ!!』『コマリン！　コマリン！　コマリン！』

背後ではやかましい吸血鬼どもが酔漢のような叫び声をあげている。

テラコマリが、すぐそこまで来ていた。

「おわりだ」

ゆっくりと手が伸ばされる。

ミリセントは本能的な恐怖を覚えた。

——恐怖？　この私が？　テラコマリ如きに？　ふざけるなッ!!

そこでふと気づく。

まだだ。まだ勝機はある。

神をも殺害する銀のナイフ《銀滅刀》は、まだ右手に固く握られている。

迷いはなかった。

「死ねやテラコマリイイイイイイイイ——————ッ!!」

振り上げられたナイフはしかし、テラコマリの首に届くことはなかった。

ぽとりと右腕が落ちた。もちろんミリセントのものである。

いつの間にか、肩の辺りで綺麗に切断されていたのだ。

「あ、ひ……」

心が絶望に覆われていく。

もはや対抗手段は残されていない。

自分の決定的な敗北を悟った瞬間、死に対する恐れが潮のように満ちてきた。全身が震え、嫌な汗が吹き出し、それでも根性を奮い立たせてテラコマリを睨み返してやるのだが、彼女の尋常ならざる覇気で射抜かれた瞬間、ミリセントは幼子のように竦み上がってしまった。

「お、まえ――どうして」

何を問うたつもりなのか自分でもわからなかった。

圧倒的な才能の前にはあらゆる努力が無駄となる――そういう理不尽を大声で糾弾してやりたい気分だった。運命に愛されたとしか思えない才能の持ち主・テラコマリのことが憎くて憎くて、羨ましくて羨ましくて仕方がなかった。

ミリセントは呆然として己の宿敵の姿を眺める。

おぞましい魔力。すさまじい気迫――

しかしふと気がついた。

テラコマリはぼろぼろだった。

着衣は乱れ、表情こそ毅然としているが顔は血と涙でぐしゃぐしゃ、腹や肩からもとめどなく血が溢れているし、《銀滅刀》で抉られた傷はとうぶん彼女を苦しめることになるだろう。

あまりにも無様だった。

すべてミリセント自身がやったことだ。

もしテラコマリが自分に烈核解放があると知っており、かつ自由自在に使えたならば、こんな仕打ちに甘んじることはなかったはずである。

そうだ。こいつだって完璧じゃない。

むしろ本人が言っている通り、普段は凡人にすらなれないダメダメ吸血鬼だ。能力的に羨ましいところなんか一つもない、どこに出しても恥ずかしい劣等吸血鬼なのだ。

そんなやつが、勇気を振り絞ってここまで食らいついてきた。

——烈核解放には心の在りようが深く関係しているらしい。

ふとアマツ先生の言葉が思い起こされた。

——私のことを思ってくれる人たちのために、頑張らなくちゃって、思ったから！

テラコマリの叫びが頭の中で反響している。

そういうことなのかもしれないな、とミリセントは思った。

もし自分がこいつのように心を強く持っていたなら、どうだっただろう。

自分が辛いから、なんて理由でくだらないイジメをしたこと。

強さを求める手段としてテロリスト集団なんかに入ったこと。

これらはミリセントの心の弱さが原因であり、もっと別の方法を取っていたならば、違った未来があったかもしれない——

いや。

過去のことを今さら言っても仕方がないのだ。

気づけばミリセントは涙をこぼしていた。

負けたのが悔しいからではない。死ぬのが怖いからでもない。

テラコマリの姿があまりにも眩しかったからだ。

——こんなふうになりたかった。

「かくごをしたまえ」

ミリセントの首筋に、細い指が添えられる。

真紅の吸血姫は、あくまで淡々とした調子で言った。

「これでかんべんしてやる」

「まっ——オグェッ」

己の言動を後悔する暇もなかった。

絶望の波に包まれながら、ミリセントは呆気なく首をもぎ取られて絶命した。

※

六国新聞　5月21日　朝刊

『ムルナイト帝国〝逆さ月〟の女を拘束

【帝都―メルカ・ティアーノ】これまで積極的なテロ対策に取り組んできたムルナイト政府は20日、反魔核テログループ〝逆さ月〟の構成員と見られる女を拘束した旨を発表した。女はムルナイト帝国出身の吸血種と見られ、帝都下級区ラ＝ネリエント街に潜伏していたところをテラコマリ・ガンデスブラッド七紅天大将軍に殺害・捕獲された。〝逆さ月〟の構成員が拘束されるのは初めてであり、ムルナイト帝国は六国にのさばるテロリストどもに大きな楔（くさび）を打った形となる。……（中略）……テロリスト拘束の任に当たったガンデスブラッド大将軍には栄典の授与が決定された。最年少にして最強と謳（うた）われる新七紅天の活躍は止（とど）まるところを知らず、帝国を熱狂させる「コマリンブーム」はまだまだ続くと思われる。彼女の今後の動向には要注目だ。』

〔0〕えぴろーぐ

Hikikomari the Vampire Countess no Monmon

気づいたらベッドに寝かされていた。

頭がぼんやりとしている。身体のあちこちが痛い。

知らない天井。どうしてこんなところで寝てるんだっけ。もしかして、ついに誘拐されてしまったのだろうか？　十分にあり得る話だ。私の家は金持ちだし政治力もある。何より私自身が一億年に一度の美少女で――

「コマリ様。目が覚めましたか」

呼ばれて何気なく視線を走らせる。

ベッドの脇の椅子に変態メイドが腰かけていた。

私は目を見張ってしまった。彼女がメイド服ではなく病人服を着ていたからだ。しかも両腕にぐるぐると包帯まで巻いている。こんなの変態メイドじゃない。ただの変態だ。いやちょっと待て、そんなことはどうでもいい。

「――ヴィル⁉　だ、大丈夫なの⁉」

驚いて起き上がろうとした瞬間、下半身に激痛が走ってベッドに引っくり返ってしまった。

痛い。痛すぎる。ハサミでふくらはぎに切り込みを入れられるような感じ。

「じっとしていてください、まだ傷が癒えていませんので」

「いたい～っ！　なにこれ、なんでこんなに痛いのっ⁉　足が焼けそうだよっ！」

「神具で抉られたのです。覚えていらっしゃいませんか？」

言われて思い出す。

そうだ。私はたった一人で廃城に向かって、ミリセントと戦って、散々に打ちのめされたのだ。ヴィルを助けることができずに死ぬんじゃないかと諦めたけれど——痛みを感じるということは、まだ生きてるのか？

「……ねえヴィル。ここって天国？」

「いいえ、現実です。コマリ様は勝ったのです」

「何に？」

「ミリセント・ブルーナイトにです。あなたは単身で廃城に乗り込んであのテロリストを打ち破り、囚われの私を助けてくださいました」

「……いや、何を言ってるかわからんのだが」

どう考えても私は負けたはずなのだ。

全身を【魔弾】で撃たれまくったし、銀のナイフで足を刺されたし、しまいには極太レーザーを食らって満身創痍。あの状況から逆転できるやつなんて小説の中のヒーローか魔王だけだ。

ヴィルはじーっと私の目を見つめて言った。

「烈核解放をご存知ですか」

「烈核……？　ああ、お風呂のときに言ってたやつ？」

「はい。烈核解放とは魔法とは別系統の特殊能力のことです。これを保有している者は魔核とのパスを切断することで普段魔核の魔力で封じられている真の力を発揮できます」

「ふーん。そんなの初耳だけど……それがどうしたの？」

「それをコマリ様が使ったのです」

「え？　なんだって？」

ヴィルによれば、こういうことらしい。

私には生まれつき【孤紅の恤】とかいう烈核解放が備わっており、血を飲むことによって爆発的な魔力・身体能力を獲得することできるという。ミリセントに殺されそうになった時、ヴィルは私の口に血を流し込むことによって烈核解放を発動させたらしい。んで最強の力を手にした私は知らないうちにミリセントをぼこぼこにしてしまった、と。

なるほどなるほど——いやいやいやいやいや！

「私は全然覚えてないぞ⁉」

「それは魔力と体力と気力が切れたからでしょう。ミリセントの首をねじ切った後、あなたは気を失ってしまいました。第七部隊のゴロツキどもが宮殿まで運んでくれたので事なきを得ましたが、下手をすれば命が尽きてしまうところだったんですよ」

「ちょっと待って、聞きたいことが山ほどあって頭が混乱してる！」

「後でゆっくりご説明しましょう。——とにかく、コマリ様は最強なのです。どんな敵も余裕で屠ることができます。事実ミリセントも余裕で死にました」

「信じられるかそんなこと！　あいつの頭上にたまたま隕石が降ってきて余裕で死にましたって言われたほうがまだ納得できるわっ！」

ヴィルはくすりと笑い、

「そうですね、信じられないでしょう。信じなくてもいいいんですよ。私はあなたがここにいるだけで満足なのですから」

「っ……」

平気な顔してなんてこと言いやがるんだこいつは。

恥ずかしいからやめてくれ。純粋な気持ちを向けられるのは慣れてないんだよ。お前は邪な気持ちだけを私に向けてろ。いやそれもダメだ。

私はヴィルから視線を逸らし、なんとか話題を変更するべく呟いた。

「……お前、身体は大丈夫なのか。散々痛めつけられただろう」

「私も軍人の端くれです。打たれ強さには自信がありますよ」

「そうか……」

そこで言葉が詰まってしまう。まだ頭がぼうっとしているのだ。ここが天国ではないことは理解したが、それでも妙な浮遊感が残っている。

「コマリ様」ヴィルが淡々とした声で言う。「コマリ様は勝ちました。あのテロリストは捕えられ、今は地下牢に繋がれています。もう襲ってくることはないでしょう」

「う、うん」

「だから、もう過去に縛られる必要はないんですよ」

「…………、」

そのとき、私の心を爽やかな風が通り抜けていった。

過去に縛られる必要はない。それはなんと清々しいことだろう。

私はこの三年間、ずっとミリセントの影に怯えて生きてきた。

外に出たくない。人と関わりたくない。だってまた辛い思いをするだろうから――そういう後ろ向きな気持ちばかりを腹の底で太らせていた。薄暗い部屋に引きこもって、意味のない思索に耽り、自分の悲劇的な境遇に酔ってさえいた。

そんな日々は、もう終わりなのだ。

私は、新しい一歩を踏み出すことに成功したのだ。

「……あいつを倒したからって、心の傷がなくなるわけじゃない」

「それはそうかもしれません。ですが――」

「後でミリセントと話してみるよ」

ヴィルが驚きに目を見開いた。私も自分の発言に驚いている。だが、なんとなく、そうしなければいけないような気がしたのだ。

「あいつは私のことを憎んでいる。たぶんそれは未来永劫変わらない。だけど――少なくとも私のほうは変わりたいんだ。あいつを怖がるんじゃなくて、なんとか理解しようと努力してみるのも必要なことだと思う。そうしなくちゃ過去と決別できたとは言わない」

「……ご立派です。しかし綺麗ごとですね」

「私もそう思うさ」

思わず苦笑してしまった。自分で言うのもなんだが、他人と――それも自分に敵意を持っている相手と話してみようだなんて、ちょっと前までの私なら考えもしなかったはずだ。

そういう意味では、私もいくらかマシになったのかもしれない。

「……これからは、少しくらい外に出てみるのも、まあ悪くないかもな」

「わかりました。では二日に三度のペースで戦争の予定を入れておきましょう」

「やることが極端すぎるんだよお前は!!」

私は不貞寝した。

相変わらずこいつは私の気持ちをわかってくれない。いや、たぶん、わかっていて揶揄っているのだ。まったくもって性根が悪い。——ただ、こいつの場合はなんだかんだで私のことを考えてくれているから強くは責められないんだよなあ。

「コマリ様」

「なんだ」

「助けに来てくれて、ありがとうございます」

私はちらりと彼女の表情をうかがう。

相変わらず不愛想なツラだったが、珍しくも頬に朱が差している。おそらく言う機会をうかがっていたのだろう。

「どういたしまして」

私は天井を眺めながら言った。どうにも口調がぶっきらぼうになってしまう。

「……といっても、よくわからんうちに解決してたけどな。というか、本当に解決してるのか？　夢落ちだったたってことは」

「ありません。現実ですよ」

「……まあ確かに夢じゃなさそうだな。でも腑に落ちないよ。そもそもミリセントはなんで帝国軍に捕まってるんだ？」

「コマリ様が烈核解放して私を助けてくれたのです」

「だからそれは……まあいいや。結果的に二人とも無事だったんだし」

細かいことは後で考えるとしよう。

そこで私は、ふとヴィルのことに思いを巡らせる。

「――ところで、お前はこれからどうするんだ」

「え？」

「三年前の件には片がついたんだ。もう私のメイドをする必要はないだろ」

手紙に書いてあったことが本当だとするならば、ヴィルは贖罪のためにメイドをやっているのだ（べつに私は贖罪なんてしてほしいわけじゃなかったけど）。

過去に区切りをつけた今となっては私に仕える義務などないだろう――そう思って彼女の様子を盗み見る。

変態メイドはこの世の終わりみたいな顔をしていた。

「そんな……私はもう用済みってことですか……」

「いや、そういうわけじゃないが」

「ひどいですコマリ様、私から働き口を奪うおつもりなんですね。これでは盗賊になってコマリ様の部屋に押し入って下着を盗むしかないじゃないですか！」

「せめて金目のものを盗めよ⁉　そんなこと言ってると本当に解雇するぞ⁉」

「ううっ……解雇だなんて殺生な。これまでコマリ様に尽くしてきたのに……」

「わかったわかった！　お前はずっと私のそばにいろ！　これからもよろしくな、ヴィル！」

「えっ、それってプロポーズ……？」

「んなわけあるかっ！」

大声でツッコミを入れたせいで足の傷が痛んだ。

まったくもって厄介なメイドだ。

だが――こういうやり取りも悪くはない。

こうして誰かと対等に言葉を交わしていると、心が晴れやかになっていき、小さなことでくよくよ悩んでいるのが馬鹿らしく思えてくる。

こいつと一緒にいれば、私は本当に生まれ変わることができるかもしれない。

少なくとも今この瞬間は、そんな気がするのだった。

☆

やっぱ引きこもりてえ。

私は心の底からそう思った。

「――急報！　メラコンシー大尉が敵将を討ち取りました！　繰り返します！　メラコンシー大尉が敵将を討ち取りました！　我が軍の勝利です！」

伝令役の声が響き渡った瞬間、私の周囲を固めていた吸血鬼どもが喧しいほどの雄叫びをあげた。その雄叫びに包まれながら、私はこっそりと安堵の溜息を吐いてしまう。

「危ないところでしたね。まさか一斉に突撃してくるとは」

「まったくだな。死ぬかと思ったぞ……」

私は肩から力を抜いて椅子に深く座り込んだ。

例によって戦場である。

私が率いるムルナイト帝国軍第七部隊は、ラペリコ王国のチンパンジー軍団と三度目の戦争を行っていた。もちろん宣戦布告したのは相手方。どうやらハデス・モルキッキ中将は私にリベンジしたくて仕方がなかったらしい。

再戦を仕掛けてくるからには相応の準備をしてきたのではないか――そういう私たちの警戒は悪い意味で無駄となった。やつらは自暴自棄になっていたのだ。戦争が始まると同時、モルキッキ中将が下した命令はまさかの全軍突撃。目を血走らせた獣人どもが理性をかなぐり捨てて特攻してきやがった。……まあ、先陣を切っていたのがチンパンジーご本人だったので、メラコンシーが上手く爆撃魔法を命中させて殺してくれたようだけど。

あのままチンパンジーが攻めてきたら私は殺されていただろう。ヴィル曰く私には最強の烈核解放があるらしいが、そんなの信じられるわけがない。だって私だぞ。何の才能もない知恵と知識と容姿だけが取り柄の劣等吸血鬼なんだぞ。部下どもは私がミリセントをボコにする無双シーンを目撃したらしいが、それはきっと集団幻覚だ。こいつら普段から危ないクスリでもやってるんじゃないかと思うほどテンション高いし。

じゃあどうやってミリセントを倒したのかって？　……うん、それはあれだ。私が食らわせた魔法石がジワジワ効いてきて死んだのだ。そうに決まってる。

　そんな感じで自分を無理矢理納得させていると、

「――ケッ！　僕の出番はナシかよ」

　私の隣にいた金髪男、ヨハン・ヘルダースが盛大な舌打ちをした。相変わらず血の気の多い不良みたいなやつである。ヨハンは心底残念そうに青空を見上げ、

「あーあー、せっかく久々の戦争だってのに。僕の中で燃え盛るこの炎はどこにぶつければいいんだ？　ここら一帯を焼け野原にしちまおうかなァ」

「――おいクソガキ。なぜ貴様がこの隊に戻ってきている？」

　腕を組んで立っていたベリウスが、ギロリとヨハンを睨（にら）んだ。この犬男はすっかり元気になったようで、昨日の訓練では斧をぶんぶん振り回して味方を殺しまくっていた。

　ヨハンは小馬鹿（こばか）にしたように鼻で笑った。

「おいおいベリウス、文句があるなら大将軍閣下に言えよ。僕の第七部隊復帰を決めたのはそこに座ってる閣下なんだぜ？」

「「なッ」」

ベリウスのみならず、近くで話を聞いていたカオステルまでもが驚愕した目でこっちを見下ろしてきた。……いや、まあ、私も悩んだんだけどさ。誰だって一度や二度は間違いを犯すものだし？　ヨハンだって反省してるみたいだし？　許してやってもいいんじゃないかって思ったんだよ。それにこいつ、私のもとに来てこう言ったんだぞ。

――悪かったよ。もうお前を殺そうとは思わない。というか、その、あれだ。僕がお前を守ってやるよ。お前はゴミみたいに弱いけど根性だけはそれなりにあるようだしな。お前が七紅天として強者ぶれるように協力してやる。か、勘違いするなよ！　べつにお前のためじゃない！　これは僕が第七部隊に戻るための交換条件だ。僕がお前を守ってやるから、そのかわり、ぼ、僕をお前の近くに、いさせろ！

こいつを利用しない手はない。

私の境遇を理解したうえで協力してくれるんだぞ？　しかも「守ってやる」って明言してるんだぞ？　こんなに都合のいい部下はそうそういないだろう。

「閣下！　なぜヨハンをお許しになるのですか!?」

「こやつはテロリストに与していました。危険です」

そうだそうだ！　と合いの手を入れたのは、先ほどまで勝鬨をあげまくっていた他の吸血鬼どもである。私は「フッ」と不敵に笑うと、なるべく呆れた様子で言うのだった。

「お前たちは一度の失敗で他人を咎めるのか？」

「……しかし閣下。ヨハンの失敗は度を越していますよ」

「たかがテロリストに誑かされた程度のことだろう。諸君はいちいち細かいことを気にしすぎなのだよ」

「ッ⁉」

吸血鬼たちの表情に衝撃が走った。

「なんて心が広い」『でかすぎる……器が！』『さすがテラコマリ閣下！』『あの方は我々とは見ている世界が違うのだ』『聞こえる……破壊と殺戮の産声が……！』

聞こえてたまるか。

そうやって尊敬の眼差しを向けるのはやめてくれ。

「なるほど。ヨハンは閣下の寛大な御心に救われたということですね」

「そういうことだ。でも安心したまえ、もしまたこいつがテロ行為をしたら、その時はもう絶対に許さない。〝仏の顔も三度まで〟というが、私の顔はそんなにないのだ！　私自身が責任を持って殺害してやろうではないか！」

うおおおおおおおおおおおおおおおおぉぉぉぉぉぉ――――――ッ‼

吸血鬼どもが雄叫びをあげた。どう考えても雄叫ぶ場面じゃない。

しかし、とりあえず納得はしてくれたようなので安心だ。これにて私は使い勝手のいいボディーガードを手に入れたというわけである。

まあ、それはともかく。

「――よし！　戦いにも勝ったことだし、ムルナイトに凱旋しようではないか！　皇帝に戦果を報告した後は解散だ！　ゆっくり休んでくれたまえ！」

さっさと帰って寝たいし。

と思っていたのだが、

「いいえ閣下！　次の戦争のために作戦を練りましょう！」

「……は？」

「カオステルの言う通りです。準備は怠るべきではありません！」

「そうだそうだ！」『さっさと帰って戦争の準備だ！』『うおおおっ軍靴の足音が聞こえてきたぞオオオッ！」「血が滾ってきたアアアッ！」「ヨッッシャアアアアアッ！」「やるぞオオオオオオッ！」「フォアアアアアアアアッ！」「ヒュオオオオオオオオッ！」「ンマアアアアアアアアアアッ！」『ビャアアアアアアアアアアッ！」

…………………。

………………。

……動物園かな？

「コマリ様、簡単に休めると思わないほうがいいですよ。ファイトです」

「…………」

奇声をあげて熱狂する部下どもを見渡し、私は絶望した。

やっぱりこいつらの思考は理解できない。インドア派の私とは決して相容れることのない、完全なる武闘派。ひとりひとりはいいヤツなんだけど、集団と化したらマジで手に負えない。ノッてる状態のこいつらに水を差したら、おそらく私は問答無用でブチ殺されてしまうだろう。だから私は――嫌だけど、心底嫌だけど、天地が引っくり返っても嫌だという思いは変わらないだろうけれど――高らかにこう宣言するのだった。

「――よかろう！　諸君の熱意、しかと受け取った！　さっそくムルナイト帝国に帰還して次の戦争計画を立てようではないか！　流血の絶えることなき死闘の栄華を諸君に味わわせてやろう！　六国の天地を紅に染め上げるのは、このテラコマリ・ガンデスブラッドの軍団を除いて他にありはしないのだ!!」

割れんばかりの大歓声が巻き起こった。

興奮しきった部下どもがお馴染みのコマリンコールを始める。

熱狂のど真ん中に屹立しながら、私はほとんど諦めのような気分を抱いて天を仰いだ。澄みきった青空。こんな綺麗な空を血飛沫で真っ赤にするとか冗談じゃねえ。

嗚呼。

やっぱり、私には、引きこもりがお似合いかも……。

かくして、引きこもり吸血姫の悶々とした日々は続いていく。

（おわり）

あとがき

初めまして小林湖底です。

担当編集殿からあとがきに関して何ページでも大丈夫というお許しを頂いたのですが正直そんなに書くことがありませんのでちょっとした自分語りをしましょう。

私が小説を書き始めた契機の一つは司馬遷『史記』でした。とはいえ五帝本紀から太史公自序まで通読したとかそういう大袈裟な話でなくて単に高校古典の授業で項羽がくたばるシーンを摘まみ食いの如く訓じただけのことです。初見では「バラバラ死体ってえぐい」程度の感想しか抱きませんでしたが期末テスト対策で何度か読み返すうちにふと気づいたのです――なんか滅茶苦茶ドラマチックだな、と。理屈ではありません。第六感の領域でジワジワ来る〝すごみ〟を感じたのです。周知の通り『史記』における項羽の章は名文と誉れ高く漢文の好し悪しなんて判らない高校生の私にもすげえと思わせる迫力がありました。いつか自分もこんな物語／文章を書いてみたいもんだなあという意識が芽生えたのを覚えております。

以上のような経緯で筆を執った人間が生み出すものなど東洋チックで悲劇的なファンタジー或いは歴史モノ以外にありはしないでしょう。大学に入って初めてマトモに書き上げた短編小説は前漢の張子房が秦の始皇帝を暗殺しに行くという有名な逸話を再構成した中華浪漫でした。個人的には古代中国の空気感／登場人物の葛藤等々を卒なく演出できたのでは？　と会心の思いでしたが寄せられた感想は「キャラがいい」「主人公が可愛い」ばかりでそれ以外はお察しの有様。

かくして自分の得意分野を知った私は西洋チックで底抜けに明るいライトノベルを書こうと奮起しました。本作『ひきこまり吸血姫の悶々』は主人公が可愛ければそれでいい！　という理念を根本に敷いて書き上げられたコミカルファンタジーです。働きたくない主人公と主人公を持ち上げまくる周囲との温度差を楽しんで頂けたら幸いです。ついでに「コマリかわいい」と感じて頂けたら超幸いです。

遅ればせながらこの場をお借りして謝辞を。

素晴らしいイラストで本作を瑞々しく彩ってくださったりいちゅ様。本作を第11回GA文庫大賞《優秀賞》に選んでくださったGA文庫編集部の皆様。右も左もわからぬ私に諸々ご教授くださった担当編集の杉浦よてん様。その他刊行に携わって頂いた多くの皆様。

そして、本書をお手に取ってくださった読者の皆々様。

すべての方々に厚く御礼申し上げます。

ありがとうございました!!!

また次回お会いしましょう（次回があれば）。

小林湖底

ファンレター、作品の
ご感想をお待ちしています

〈あて先〉

〒106－0032
東京都港区六本木2－4－5
SBクリエイティブ（株）
GA文庫編集部 気付

「小林湖底先生」係
「りいちゅ先生」係

本書に関するご意見・ご感想は
右の QR コードよりお寄せください。

※アクセスの際や登録時に発生する通信費等はご負担ください。

https://ga.sbcr.jp/

ひきこまり吸血姫の悶々

発　行	2020年	1月31日	初版第一刷発行
	2024年	1月26日	第七刷発行
著　者	小林湖底		
発行者	小川　淳		

発行所　　SBクリエイティブ株式会社
〒105-0001
東京都港区虎ノ門2-2-1

装　丁　　柊椋（I.S.W DESIGNING）

印刷・製本　中央精版印刷株式会社

ISBN978-4-8156-0465-3
Printed in Japan　　GA文庫

試読版は

こちら!

城なし城主の英雄譚
彼女のファイアボールが当たらない!

著：阿樹翔　画：八葉

「僕の将来のクラン・メンバー、家族になってくれないだろうか？」

モンスターが跋扈する遺跡・古城を攻略し、所有する集団――クランの設立を夢見る少年・レオン。

彼はある日、ノーコンな自称天才魔導士の少女・リシアと出会う。

「家族って、こ、公私ともに？」「いや、僕のクランはハーレムにしたいし」「アンタわりかし最低ね！」

そんなノリで組みはじめた二人はしかし、大型古城を支配する竜人姉妹や、有名クランを率いる獣人王と出会い戦っていく中で、彼らだけの城、彼らだけの最高のクラン（家族）を創り上げていく――！

試読版は

こちら!

竜と祭礼 ―魔法杖職人の見地から―

著：筑紫一明　画：Enji

「この杖、直してもらいます！」

半人前の魔法杖職人であるイクスは、師の遺言により、ユーイという少女の杖を修理することになる。魔法の杖は、持ち主に合わせて作られるため千差万別。とくに伝説の職人であった師匠が手がけたユーイの杖は特別で、見たこともない材料で作られていた。

未知の素材に悪戦苦闘するイクスだったが、ユーイや姉弟子のモルナたちの助けを借り、なんとか破損していた芯材の特定に成功する。それは、竜の心臓。しかし、この世界で、竜は千年以上前に絶滅していた――。定められた修理期限は夏の終わりまで。一本の杖をめぐり、失われた竜を求める物語が始まる。

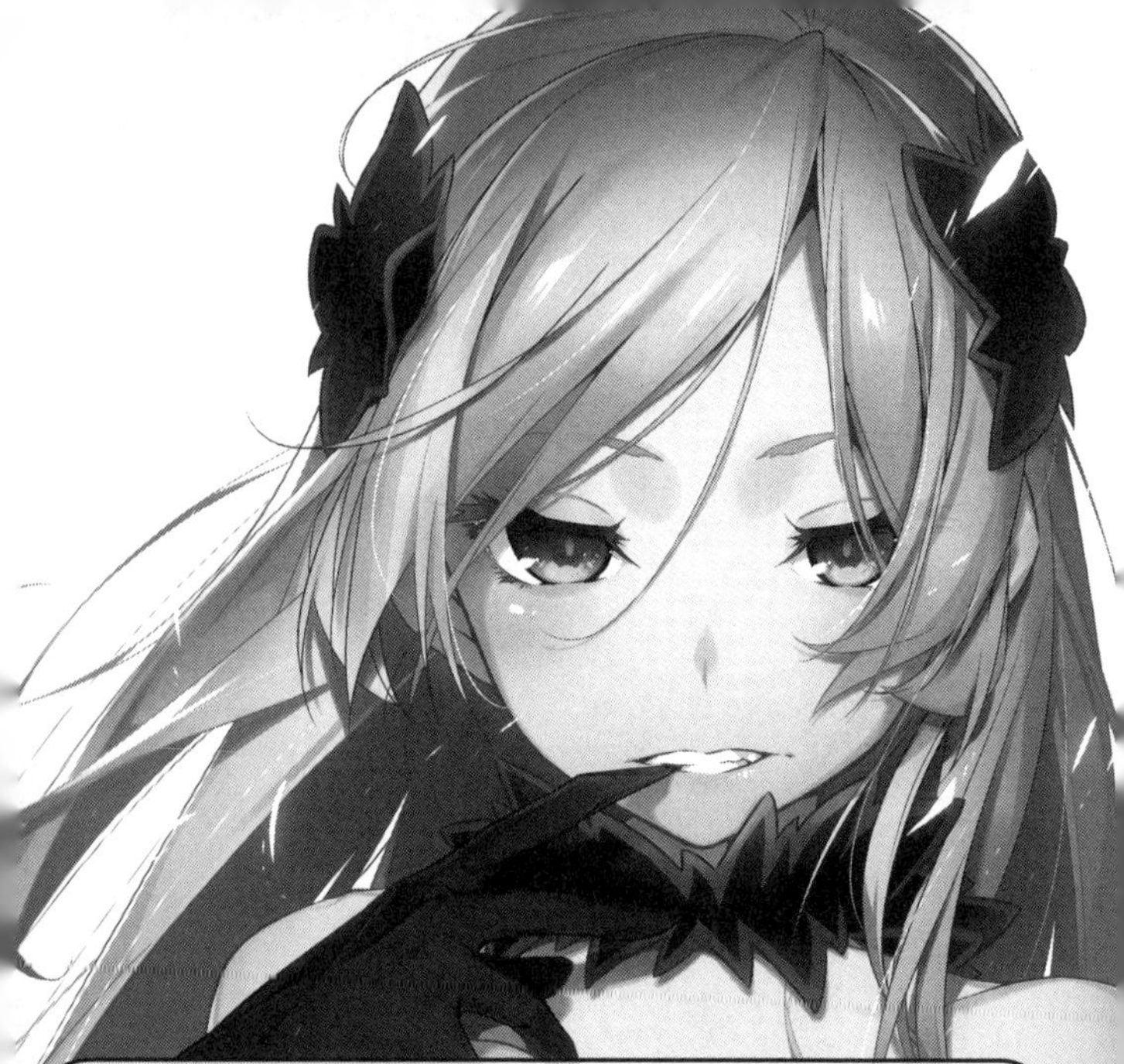

ダンジョンに出会いを求めるのは間違っているだろうか ファミリアクロニクルepisodeフレイヤ

著：大森藤ノ　画：ニリツ

それは神の眷族が紡ぐ歴史の欠片──。

「私の伴侶はどこにいるのかしら？」

美神フレイヤの発作が始まった！　頭を抱える眷族達を他所に、彼女は迷宮都市の外へ『運命探し』の一人旅へ出てしまう。自由奔放を行く女神が辿り着いた先は──大砂漠世界カイオス。

「私は王子、貴方の愛になど応えない！」

出会うのは若き『王』。そして巻き込まれる熱砂の動乱の中、砂漠世界を震撼させる『八人の眷族』の蹂躙が始まる！

美神の眷族達が所狭しと活躍するクロニクル・シリーズ第二弾、開幕！

きれいなお姉さんに養われたくない男の子なんているの？

GA文庫

著：柚本悠斗　画：西沢5ミリ

「一生、働かなくていいんだよ？」

父親が突如失踪し、家もバイトも失った僕を助けてくれたのはバイト先の常連のお姉さんだった。僕が自立できるようになるまでのあいだ、家事が苦手なお姉さんのお世話をすることを条件に、部屋においてもらえることになったけど……片づけをしただけで御礼に札束って、お姉さんはいったい何者！？

「お金ならいくらでもあげるから、私の専業主夫になってください！」

僕は普通の生活を送りたいだけなのに、どうしてこんなことに……。

高校２年生の春、きれいでお金持ちで、ちょっと不思議なお姉さんとの甘々同居生活がはじまる！